「痛いだけなのか？」

そして、わざと舌先で執拗に転がされた。

「はぁ…んっ、あ…ああ……んんっ」

楓が身体を震わせ悶えると、容赦なくもう一方を指で摘み上げる。

お嫁様の恋。

六堂葉月

Illustration
Ciel

B-PRINCE文庫

※本作品の内容はすべてフィクションです。
実在の人物・団体・事件などには一切関係ありません。

CONTENTS

お嫁様の恋。

天皇陛下の名の下に、江戸が東京と改められ、早くも三十五年が過ぎていた。

華族と呼ばれる特権階級へ、新たに実業家たちが加わるようになってからというもの、『財閥』の存在は政界や社交界でなくてはならないものになっている。

鉄鋼業や造船業などから巨万の富を築き、外国の文化を積極的に生活に取り入れ、外国人建築家に設計させた大きな洋館で暮らす。煌《きら》びやかな洋装で着飾った彼らの姿は、まさに時代の華であった。

誕生したいくつかの財閥の中で、一番の資産家といわれているのが、三久保《みくぼ》家だ。男爵を叙爵してからというもの、その勢いはとどまるところを知らない。東京にいくつかの大きな屋敷を持ち、庶民が想像もできないような贅沢《ぜいたく》な暮らしをしている。

五月初旬の晴れ渡った空の下、都内某所にある三久保家四男、三久保准爾《じゅんじ》の屋敷の表門を、一台の黒い車が潜《くぐ》っていった。

石垣沿いのゆるやかな坂道を登るが、もう敷地内だというのに肝心の屋敷の姿は木々の向こうなのかまったく見えない。それほどの広さを有しているということだ。

「まもなく到着です」

運転手の言葉に、後部座席に座る宝院楓《ほういんかえで》は、細く小さな身体を緊張で震わせる。

(もうすぐ、准爾様に会える…)

今日という日を、どれだけ待ち望んでいたか。高ぶる感情のまま頬《ほお》を桜色に染めた。

黒く艶やかな長い髪を絹の細幅の紐《ひも》で蝶結びに結い、新緑のこの季節に合わせた萌葱《もえぎ》色に白い小花と蝶があしらわれた着物に身を包んでいる楓は、まるで人形のようだ。

血筋のよさとこの愛らしさで、楓は三久保財閥の御曹司、三久保准爾の結婚相手として、多くの候補者の中から選ばれたのだ。そして、今日から准爾の屋敷で花嫁教育を受けることになっている。

大好きな准爾に相応《ふさわ》しい『お嫁様』になるための勉強だ。どんな努力も厭《いと》わない。

(准爾様は、私のことを覚えていてくださるかしら…?)

名家の結婚となれば、顔も知らない同士ということも珍しいことではない。でも、楓は准爾と一度だけ会ったことがあった。

楓が六歳、准爾が十五歳になろうというときのこと。母親の実家である、京都の士族・大平《おおひら》家の本屋敷で半日ほど一緒に過ごしているのだ。

あのときの優しい准爾の面影は、今も楓の胸に深く刻まれている。大切な初恋の思い出だ。

あれ以来一度も会うことはなかったが、准爾を慕う恋心はずっと胸に秘めてきた。

(准爾様の『お嫁様』になれる夢が、本当に叶うなんて)

それは楓の一方的な想いだが、それが現実となった今、この喜びはとても言葉では表せない。

楓はお守り袋が入っている胸元に手を当てて、その喜びを噛《か》みしめる。

大人になった准爾は、どれほど素敵な男性に成長しているだろうか。

間もなく訪れる准爾との再会に思いを馳《は》せると、楓の胸ははち切れそうな勢いで高鳴る。

二人の結婚は、昨年亡くなった楓の母親も強く望んでいた。草葉の陰でどれほど喜んでくれているかと思うと、涙すら溢《あふ》れてきそうだ。

いよいよ車は屋敷の表玄関前の広場へと入る。見えてきた大きな洋館に、楓は黒い瞳を輝かせ、大きな声を上げた。

「すごい、これが准爾様のお屋敷なのですね！　なんて美しい造りなのでしょう！」

西洋式の屋敷など、一度も見たことはない。

楓はある事情により、母親とともに山間にある大平家の離れ家で、極めてひっそりと暮らしてきたからだ。

大きな二階建てのお屋敷というだけで驚きを隠せない。窓はすべて硝子《ガラス》になっていて、玄関上部の円屋根の塔屋が、高く高く聳《そび》えている。日本家屋ではまず見られない明るい薄茶色の外壁や、柱や軒庇《のきひさし》に施された細かい意匠は、息を呑《の》むほど美しい。

するると、同乗している侍女長の丹波《たんば》が、落ち着いた声で淡々と説明してきた。

「当館は、十七世紀初頭の英国ジャコビアン様式を基調とし、ルネサンスやイスラム風の装飾が随所に施されております」

楓には聞いたこともない様式だが、とにかく外国のすごい贅沢な造りなのだろうということだけはわかった。

（こんなお屋敷で、准爾様と一緒に暮らせるなんて！）

楓にとっては、まさに夢そのものだ。感激のあまりどうしていいかわからず、そわそわと身体を動かすと、そののぼせ上がった気持ちに冷水を浴びせるように、丹波が窘《たしな》めてくる。

「お喜びになるのは結構ですが、楓様は間もなく十七になるというお歳。子供のようにはしゃぐものではございません。これからは貴婦人としての品位を忘れず、三久保家の一員に相応しい振る舞いを覚えていただかなくてはなりません」

丹波は楓の躾《しつけ》係でもある。厳しい花嫁教育はすでに始まっているのだ。四十年以上も三久保家に仕えているという丹波は、焦げ茶色で丈の長い婦人服をしゃんと着こなし、厳しい眼光の持ち主だ。年季の入った姿から漂う威圧感は、楓が到底太刀打ちできるものではなかった。

「すみません。気をつけます」

楓は素直に謝る。喜びも我慢して涼しい顔をしているなんて少し悲しいが、これも准爾の『お嫁様』になるための一歩だ。

楓は書道や茶道や華道など、武家出身の母親から厳しい躾を受けている。女性としての嗜《たしな》みはすべて完璧に身につけているが、無邪気なところがどうしても抜けきらない。港へ迎えに来てくれた丹波と初めて会ってからというもの、叱《しか》られてばかりだった。

「それと、私ども召使いに対しては謝るのではなく、『わかりました』とお答えください。自分のお立場をよくお考えください。そうでないと、他の者への示しがつきません」

「すみ…、……わかりました」

ついまた謝りそうになり、慌てて口元を押さえて言い直す。楓が暮らしていた大平家の離れ家には、女の使用人が二人ほど毎日通ってくれていたが、楓は彼女たちを家族のように慕ってうち解けていたので、自分の立場など考えたこともなかった。

これからの生活は、自分の価値観を一から変えていかなくてはならないようだ。でも、それがここでの暮らしに必要なことなら、受け入れていかなくてはならない。すべては、准爾の立派な『お嫁様』になるために――。

大きな玄関の前で車が停まると、丹波に続いて楓も降りる。重厚な玄関扉の上の窓には、着色硝子で模様が描かれている。これも初めて見るものだ。

「ようこそおいでくださいました。当館の執事・牧村《まきむら》と申します」

扉を開けてくれた老年の男性が、楓に頭を下げる。黒の上下の西洋服だ。白い襯衣《シャツ》の襟元には蝶々結びがついていた。

「はじめまして。宝院楓です」

「楓様」

召使いに挨拶を返すことも、してはいけなかったらしい。丹波が顔を顰《しか》めている。

失敗続きで落ち込みつつ、牧村に中へと案内される。大理石の玄関の先は、組木細工で模様が描かれている廊下になっていた。磨かれ艶やかなそこに土足で上がるということなど考えられず、楓が履物を脱ごうとすると、後ろから丹波の声が届いた。

「履物はお脱ぎにならなくて結構です」

「こんな見事な床に、履物のまま上がるのですか？　床が汚れてしまいませんか？」

「当館はすべてが西洋式です。それに掃除はメイドたちがいたします。楓様が気になさることではございません」

「…はい。わかりました」

メイドというのは、女の使用人たちのことらしい。楓を迎えるように廊下に何人か並んでいる。紺色の婦人服に白い前掛けをし、頭に白いひらひらした飾りのようなものをつけていた。

「こちらが大広間と、大階段となっております」

牧村の案内で、二階まで吹き抜けになっている広間へと出た。

（すごい、綺麗《きれい》）

この屋敷の外観同様、美しい装飾が施された重厚感のある大きな階段に感動の声を上げたかったが、楓はなんとか堪《こら》えた。これ以上丹波に怒られたくはない。

ちょうどそのときだった。誰かがその吹き抜けの階段を下りてくる音が聞こえた。そして現れた人物に、牧村と丹波が頭を下げる。

「これは准爾様。今、楓様がご到着いたしました」

上着を片手に階段の踊り場に颯爽《さっそう》と立つのは、この館の主、三久保准爾だ。

外国人に見劣りしない高い身長と体格で、お洒落な洋装を完璧に着こなしている。凜々《りり》しい眉と涼しげな目元は、楓の記憶に残っていた面影よりかなり大人っぽくなっていたが、本人に間違いない。

（ああ…准爾様だ！）

ずっとずっと一心に想い続けた相手。再会の喜びと、彼の『お嫁様』になれるのだという実感が楓の小さな胸に湧き起こる。本当は感激のままたくましい胸に飛び込んでいきたいくらいだが、そんなことをすれば丹波にまた叱られるし、対面したばかりの准爾にも呆《あき》れられてしま

うだろう。

楓はなんとか自分を落ち着かせ、とにかく准爾に挨拶をしなくてはと、そそと床に座って三つ指を揃《そろ》え、深く頭を下げた。

「宝院楓です。このたびは…」

「楓様っ、日本間とは違うのですから、そのように座る必要はございません」

楓の挨拶を制する、丹波からきつい叱りの言葉が飛んだ。

（えっ？　ど、どうしよう…）

准爾の前でまで失敗してしまった。真っ赤な顔で慌てて立ち上がった楓に、准爾がゆっくりと階段を下りて近づいてくる。

恥ずかしくてとても視線が合わせられない。果たして准爾は何と声をかけてくれるのだろう。失敗したことを笑われるのか、それとも長旅への労《いたわ》りの言葉か。

しかし、それはどちらでもなかった。

准爾は楓の細い顎《あご》を片手でいきなり摑《つか》み、乱暴に自分の方へ顔を向かせた。

「思ったより、見目はいいな。退屈しのぎくらいにはなりそうだ」

まるで人間相手ではなく、品物に対するかのような信じられない言葉。そして冷ややかな視線。

（准爾様……？）

退屈しのぎというのは、婚約者に対して言う言葉ではないし、楓の知っている准爾は、こんな人物ではなかった。たった一度会っただけで楓の心を虜《とりこ》にしたくらい思いやりがあって、穏やかな笑顔の持ち主だったのだ。

信じられないというより、信じたくない。男らしい端整な顔立ちは変わらないのに、中身だけ別人のように変わってしまっている。

あれから十年も過ぎているので多少の変化はあって当然かもしれないが、今の准爾の態度は、当時の優しさに溢れた面影だけを追ってきた楓には衝撃が大きかった。

自分との出逢いも、准爾は覚えていないようだ。忘れられていても仕方がないとは思っていたが、心の内で抱いていた淡い期待も粉々に打ち砕かれてしまった。

しかも准爾から楓にかけられた言葉は、たったそれだけ。楓にまったく関心がないかのように、そのまま玄関へ向かっていく。

「出掛けてくる。気が向いたら戻る」

そうメイドたちに言い残して、去った。

（准爾様……）

楓は言葉を失って、そのまま立ち尽くす。自分の失敗を笑い飛ばしてくれてもいい。丹波のように叱ってくれてもいい。こんなほとんど無関心という扱いは想像もしていなかった。

作法の違いで丹波には何度も怒られてしまったが、准爾にだけは婚約者として温かく迎えられるものだと、楓はそう信じて疑いもしていなかったのだ。

（きっと、准爾様はお忙しいんだ。すぐにお出掛けになられたくらいだし…）

楓が今日到着することは、当然知っていただろう。それなのに出掛けてしまったということは、それだけ忙しいということに違いない。なら、着いて早々に顔を合わせることができただけでもありがたいことだ。

退屈しのぎと言ったのも、辛口の冗談。東京の上流階級の男性の間では、そういう言い回しが流行っているのかもしれない。

それに何より、准爾は楓のことを『見目はいい』と褒めてくれてはいる。まずは姿だけでも婚約者として気に入ってもらえたのだと、楓は悲しみに沈みそうになる気持ちを懸命に奮い立たせ、そう無理やり納得した。

「お式が済むまでは、こちらの客室をお使いください」

丹波に案内されて着いた二階の客間は、外国製の豪華な調度品でまとめられていた。壁は見事な金唐紙《きんからかみ》だ。

窓から入る日差しで部屋は明るく、爽《さわ》やかな風が心地よい。革張りの立派な長椅子に腰掛け、楓がメイドの淹《い》れてくれた初めての紅茶を飲み終えると、それを見計らい丹波が言った。

「楓様には、これから洋装へお召し替えいただきます。何度も申し上げている通り、当館はすべてが西洋式。一日も早く仕様に慣れていただきたいことと、お着物では不自由も多いと思いますので」

確かに先ほど登ってきた階段は、着物では裾のあしらいがかなり大変だった。

「はい。わかりました」

楓用の洋服や靴などを持ったメイドたちがやってきて、衝立の向こうに楓を連れて行く。結っていた頭の蝶結びと髪を解かれ、櫛《くし》を通す者、着物をどんどん脱がせていく者、メイドたちはそれぞれの担当を慣れた様子で進める。知らない相手の前で裸にされるのは初めてで恥ずかしいが、そんなことを言えば叱られるのはわかっているので楓は何も言わず羞恥《しゅうち》に耐えた。

「これはどうなさいますか?」

楓がいつも胸元に忍ばせているお守り袋のことをメイドの一人に問われる。

「それは大切なものなので、自分で持っています」

「かしこまりました」

中には楓の宝物が入っている。洋装に変わっても肌身離さず持っていたかった。

襦袢《じゅばん》姿にさせられ、それも脱がそうとメイドに前をはだけられた瞬間、

「キャ――――――ッ！」

メイドが真っ青になり悲鳴を上げた。他のメイドも楓の身体に驚いて次々悲鳴を上げ、衝立《ついたて》の内側に楓を残して逃げてしまった。恥ずかしいのは裸にされる楓のはずなのに。

（どうして？　…何かいけないことをしてしまった？）

といっても、楓はただ人形のように脱がされていただけだ。何事かと戸惑っていると、すぐに丹波がこちらにやってきた。今までにない険しい顔で、楓の長襦袢を奪い取る。

楓の白い身体が曝《さら》される。丹波はその下半身を見ると、まるで信じられないものを見るように目を見開いて戦慄《わなな》き、楓へ長襦袢を投げつけてきた。

「いったいこれは、どういうことですか？」

どういうことと問われても、楓にはわからない。とにかく自分が何か不始末をしでかしたことは確かなようだ。

事態を呑み込めないが、このまま裸でいるのはあまりにも恥ずかしい。楓は再び長襦袢を身に纏《まと》いながら、恐る恐る丹波に尋ねる。

「あの…よくわからないのですが？」

「わからない？　よくもそんな戯《ざ》れ言《ごと》をぬけぬけとっ。このような三久保家への愚弄、決して許されることではございませんよっ」

楓がしらばくれていると思われたらしい。さらに激怒した丹波が肩を大きく震わせる。そして、楓自身のこれまでの人生をすべて否定する、衝撃の言葉が投げられたのだ。

「——まさか、男が准爾様の婚約者としてやってくるなどと！」

一瞬、何を言っているのかわからなかった。楓にはそれくらいありえない言葉だったのだ。だから聞き返す。

「男って……誰がですか？」

「あなたですよ。おふざけもいい加減にしてください！」

「私？　まさか…私が男だと言うのですか？」

楓は生まれてから十六年間、女性として育ってきた。それに疑問を持ったこともなかったし、そもそも『男』などと一度も言われたことがない。

母親はもちろん、二人の使用人たちも女性として扱ってくれたし、嗜みだって人一倍身につけているつもりだ。それをどうして突然『男』などと言われるのか、楓には理解不能だった。だから正直に聞き返す。

「丹波さんのおっしゃっていることが、私にはよくわかりません。いったい何を以《もっ》て、私を突然『男』だとおっしゃるのですか？」

「何を……って……」

そのまま絶句した丹波は、もうこれ以上楓の話に聞く耳を持たないようだ。

「お話になりません。指示があるまで、この部屋から決してお出にならないように。いいですね！」

厳しくそう言いつけると楓に背を向け、部屋を出て行ってしまった。


部屋に軟禁状態にされた楓は、もうここで待つことしかできない。おそらく楓の進退が、これから話し合われるのだろう。

とりあえず自分が着てきた着物に身を包み、楓は肩を落として長椅子に腰掛けた。

（私は……女の子なのに……！）

自分が男だなんて、あるわけがない。だったら今まで育ってきた月日は何だというのか。確かに年頃になったというのに胸は子供のように平らなままだが、発育には個人差がある。子供を産めば胸は誰もが大きくなるから大丈夫だと、母親は言ってくれていた。

（婚約は、どうなってしまうの？）

丹波のあの剣幕からして、このままでは破談にされてしまいそうだ。准爾の『お嫁様』になるという人生最大の願いが叶い、これからの幸福な日々に、今の今まで胸を躍らせていたというのに。

溢れてきた涙に、楓は思わず顔を覆った。

（お母様……どうしてこんなことに……？）

亡き母の面影に縋《すが》るように問いかけても、答えは返ってこない。楓はただ一人涙を零《こぼ》すしかなかった。

楓の育った環境は特殊といえば特殊だった。楓の父親は、宮家にも血筋が繋《つな》がる宝院伯爵家当主、母親も京都では屈指の力を持つ武家、大平家の姫君だ。楓は生まれながらに、どこに出ても誇れる血筋を得ていた。

しかし、楓が育ったのは、大平家本邸の裏山にある離れ家だ。和室が三間しかない小さな家に、母親との二人暮らし。通ってくるのは二人の使用人だけ。まるで世間から隔離されているかのような生活だった。

たまに顔を合わせる大平家の心ない家人の言葉で、楓が知っていることは二つあった。

母親が宝院家に嫁いで数年も経たないうちに、父親が亡くなったということ。そして宝院家の資産は、狡猾《こうかつ》な実業家たちに騙《だま》し取られたということだ。姫君育ちの母親は経済に疎く、無謀な投資話に乗ってしまったらしい。

敷地も屋敷も失い、身重で無一文となってしまった母親は、実家の大平家に身を寄せるしかなかった。そんな母親を大平家はやっかい者として、裏山の離れ家での生活を強いた。そこで楓は生まれたのだ。

夫と財産を失ったことが原因で、母親の心は壊れてしまったと家人たちは言っていたが、楓はそれはただの悪口と受け流し、信じていなかった。

母親のことは淑女として今も心から尊敬しているし、少なくとも楓の前では、武家の女性としての気品に満ちていた。躾や習い事にとても厳しかったのも、楓の将来を思ってくれていたからこそだ。

『いつか、名家の殿方のお嫁様になるため』

楓はどこに嫁いでも恥ずかしくないように、母親から徹底的に教育されてきた。作法はきちんとできるまで何度でも繰り返されたり、覚えが悪いと手をぶたれたり、軒先に立たされたりすることも珍しくはなかった。

物心ついたばかりの頃は、楓はそれが辛くて辛くて、泣いて離れ家から抜け出すこともあった。といっても、行き先は常に決まっていた。山道を五分ほど下ったところにある、大平家の庭園だ。庭は裏山と繋がっているので、入るのは容易だった。

広い庭には季節ごとに美しい花が咲いていたり、庭を流れる水路には綺麗な錦鯉が泳いでいて、それを見ると心が癒やされた。

誰かに見つかれば怒られるのだが、友達もなく他に楽しみがない楓にとっては、唯一楽しいと思える場所だった。

楓が准爾と出逢ったのも、そこだった。客人としてやってきた三久保家の当主と准爾が庭園を案内されているのに、出くわしてしまったのだ。

大平家の当主は楓を見つけるなり追い払おうとしたが、泣き濡れていた楓の顔に気がついた准爾が不憫《ふびん》に思ってくれたのか、優しく手招いてくれた。准爾の計らいで、楓も大平家の屋敷で一緒にお菓子をご馳走になり、父親たちの話が終わるまでの間、半日ほど遊んでもらった。

楓も最初はひどく緊張していたものの、准爾の穏やかな笑顔にしだいに心を開き、准爾の西洋の手帳や万年筆という筆記具を見せてもらったりしているうちに、すっかりうち解けていった。

准爾にどうして泣いていたのか理由を問われ、楓は母親の躾が厳しくて辛いことを話した。

「お母様は、立派な『お嫁様』になるためには必要だと言います。でも…私はそんな先のことなんて……っ」

六歳になったばかりの楓には、まだ結婚のことなどとても考えられない。母親に叱られるのが怖くて、学ぶこと自体が嫌になってきていた。

「…っ」

怒られたときの悲しい気持ちが小さな胸に再び込み上げ、楓が黒い瞳を潤ませると、そんな楓を准爾が力づけるように告げてきた。

「僕は来月には十五になる。それを期に外国へ留学することにした。米国と欧州でしっかり勉強したいから、日本には十年は帰らないつもりだ」

母親の元から離れたことのない楓は、外国へ勉強に行くことなど怖くて考えられない。准爾だって、まだ少年と言える年齢だ。驚いて思わず聞き返した。

「十年も…お寂しくないのですか？」

「もちろん寂しいよ——でも、三久保財閥の将来に必要なことだと思うから、僕は行くんだ。祖父や父、兄たちのように、僕も世界に名を轟《とどろ》かせる一流の実業家になりたいから」

大志に燃える准爾の凛々しい顔。楓が生まれて初めての恋に落ちたのは、この瞬間だ。

准爾が語ってくれた将来の展望は幼い楓にはよくわからなかったが、大きな瞳を輝かせて一生懸命理解しようと聞き入った。

「言葉も違う国だ。きっと辛いこともたくさんあると思う。でも僕は挫《くじ》けない。だから君も今は一生懸命に学んで、立派な『お嫁様』になるといい。将来の目標のために、お互いにがんばろう」

男の人に優しくされることがなかった楓には、同じ目線で励ましてくれた相手など初めてだった。溢れる想いで心が震えて頷《うなず》くことしかできない楓に、准爾は何か思いついたらしい。

「そうだ」

手帳を一枚破り折り鶴を折ると、万年筆で羽根の部分に何かを書いて、渡してきた。

「もし、これから辛いことがあったら、この鶴に祈るといい。希望を失わなければ、きっと願いを叶えてくれるはずだ」

羽根に書かれた文字は平仮名でも漢字でもなかった。

「何が書いてあるのですか?」

「英語だよ。意味は、内緒にしておこうかな」

准爾はわざと茶化すように笑いながら、大きな手で愛しむように楓の頭を撫《な》でてくれた。母親に触れられるのとは違う、何ともいえない心地のよさ。込み上げてきた想いのままに楓は口にしていた。

「…もし、もしも私がお母様の教えをきちんと学んだら、准爾様の『お嫁様』にしていただけますか？　そのときに、この言葉の意味を教えてください」

立場がわからない子供だからこそ言えたことだが、それだけ純真で強い想いだった。

「いいよ。もし、僕が留学から帰ってきたときに、君の気持ちが変わらなければ、僕の所へおいで」

優しい微笑みの承諾。でもそれは子供を労る嘘《うそ》だということは、成長していくうちに楓にもわかった。

准爾は四男とはいえ、三久保財閥の御曹司だ。留学から帰ったときには、どれだけ多くの縁談が持ち込まれるかわからない。こんな子供との約束が有効なわけがなかった。

だが、それなら――――自分が将来准爾に相応しい女性になればいい。

大平家と三久保家はつき合いがある。楓の努力次第では、花嫁候補に推薦してもらえるかもしれない。大平家にとっての楓の価値は、政略結婚の駒として使うことだと以前言われたことがあった。

母親の厳しい教えこそ、大勢の候補者の中からたった一人、『お嫁様』として選ばれるためのものなのだ。

それからというもの、楓は母親に叱られても泣かなくなった。それどころか何事も自分から

進んで覚える努力をし、苦手なものは何十回でも練習して、一つずつ克服していった。どれだけ辛くても、そのたびに准爾からもらった鶴を見つめて祈った。准爾の『お嫁様』になりたい――――その一心で駆け抜けた十年だったのだ。

そしてついに努力が実り、楓は正式に婚約者として准爾の元に来られたのだが……。

（――――私が男だなんて…ありえるの？）

自分をからかっていると思いたいが、丹波やメイドたちの反応はとても冗談には見えない。いったい自分の何が違うのか。楓には何もわからなくて、ただただ涙を零すしかできない。まして今日会った准爾の冷たい態度も楓をいっそう不安にさせる。

（准爾様……っ）

楓はしゃくり上げながら、いつも懐に入れて持ち歩いているお守り袋から、折り鶴を取り出した。羽根に書かれた外国の文字は楓には今も読めないが、辛いとき、悲しいとき、いつもこの鶴を見つめてがんばってきたのだ。

（……あのときの准爾様のお言葉を信じよう）

希望さえ捨てなければ、この鶴はきっと願いを叶えてくれる。ここまでこられたのも、准爾を信じてあきらめずに祈り続けてきたからだ。

楓は鶴を愛おしむように両手で包み、祈る。早くすべての誤解が解け、この部屋から出るお許しがもらえるようにと。


日が沈み、やがて夜になっても、楓は軟禁されたままだった。蠟燭《ろうそく》や行灯《あんどん》の灯《あか》りが当たり前だった楓には、ランプでさえ珍しいのに、ここでは電灯という灯りが部屋を明るく照らしていた。

食事もきちんと運ばれてきたが、昼間の一件以来、メイドは楓とは視線を合わせてもくれなかった。

部屋の奥には西洋式の大きな寝具があるのでそこで寝るようにと指示を受けているが、とても眠れそうにない。このまま起きてお許しの知らせを待っていようと楓が決意したとき、扉を叩く音がして丹波が入ってきた。

「准爾様がお呼びです。一緒にいらしてください」

「准爾様が……?」

楓は驚き長椅子から立ち上がった。

（――准爾様が…私を…？）

よいことか、悪いことか。わざわざこんな遅くに部屋に呼ぶのは、それだけ重要ということだろう。相変わらず厳しい表情の丹波を見ると不安になるが、とにかく准爾の側に行けることは嬉しい。

楓は昼間から下ろしたままの髪を失礼がないように急いで手櫛で整え、丹波の後ろについていった。

楓がいた洋館二階の廊下を進み、さらに奥の渡り廊下を通る。こちらの建物は主人や家族用の棟になっているようだ。部屋の前に着くと、丹波が険しい眼差しで楓に告げてくる。

「准爾様からのご質問には、偽りなくお答えするように。もし、これ以上無礼を働くようなら、夜中とはいえ、即刻この館から出て行っていただきます」

「…はい。わかりました」

無礼な態度など取ったつもりは毛頭ないのだが、怒りが静まっていない丹波の迫力に、楓は小さくそう返した。

丹波が扉を叩くと、中から開けてくれたのは、執事の牧村だ。部屋の奥で、准爾が立派な長椅子に脚を組んで悠然《ゆうぜん》と腰掛けている。

ここは准爾の私室のようだ。奥にも何間か部屋があるようで、かなり広い。豪華な造りは客室と変わらないが、金唐紙のような華美な壁ではなく、全体的に飽きのこない落ち着いた重厚感のある雰囲気だった。

「お連れいたしました」

丹波が准爾に一礼し、楓に前に進むよう視線で促す。言われるまま准爾の前まで進み、洋間は座って挨拶をしてはいけないと言われたので、楓は立ったまま丁寧に頭を下げた。そして顔を上げ、恐る恐る准爾を見つめる。

（准爾様も…怒っていらっしゃるのかな？）

楓の身がこれからどうなるのか、すべては准爾次第なのだ。

「……」

准爾の顔からは丹波のような怒りは感じられない。だが昼間に会ったときと同様、冷ややかに楓を見つめている。ふと、准爾が言った。

「牧村、丹波、お前たちは下がっていい」

「しかし准爾様、このような不審人物と二人きりになるというのは危のうございます」

（不審人物……）

丹波の厳しい言葉に現実を突きつけられた楓は黒い瞳を潤ませるが、誰もそんなことを気遣ってくれる様子はない。

「こんな小柄なやつが、いったい私に何ができるっていうんだ」

准爾が嘲るように笑った。二人の体格はあまりに違うし、准爾は武道の心得があるのだろう。

「ですが…」

「下がれと言ってるんだ。同じことを言わせるな」

厳しくそう命じられて、丹波と牧村は席を外し、部屋には楓と准爾の二人きりになった。

大好きな人と過ごせる、初めての夜。本当なら、どんなにこの瞬間を待ち望んでいたことか。

しかし、今の状況はそれどころでないのは楓もわかっている。

二人きりになって、何かいろいろ問い質《ただ》されるのかと思ったが、准爾からかけられた声は質問などではなかった。

「――着物を脱いでみろ」

「えっ…そんな…」

楓の顔が一瞬にして強ばる。男性の前で服を脱ぐことなどできるはずもない。だが、准爾はさらに冷ややかに言い放ってくる。

「お前は、私の花嫁になるつもりで来たんじゃないのか？　だったら、夫の前で裸になれないはずはないな。それとも、本当に三久保家を侮辱しに来たのか？」

「違います！」

思わず声を上げてしまった。ずっとずっと胸に抱いてきたこの想いが、侮辱などであるわけがない。それだけでも准爾にわかってほしくて、潤んだ瞳で懸命に訴える。

「私は准爾様のお嫁様になるために来たんです！」

「だったら、べつにかまわないだろう。脱いで見せろ」

この気持ちを信じてもらうには脱ぐしかなさそうだ。夫婦となれば当然肌を合わせることになる。いずれはすべてを捧げる人なのだからと、楓は自らに言い聞かせ、涙声で頷く。

「……わかりました」

恥ずかしさに震える手で、楓はそろそろと帯を解いていく。足元に帯と着物を落としたところで、手が止まってしまった。最後の長襦袢を脱ぐのだけはどうしても躊躇《ためら》ってしまったのだ。それは恥ずかしさだけではない。これを脱いだら、丹波たちを怒らせたように、准爾も怒らせてしまうのではないかと、怖くなったのだ。

動かなくなった楓に焦《じ》れたのか、苛立《いらだ》ったきつい口調で准爾がせかしてきた。

「それもだ。早くしろ」

もう逃れようがない。楓は意を決して准爾の前に自分のすべてを曝した。はらりと襦袢を下に落とすと少し肌寒いが、楓の身を震わせるのは気温ではなく、消え入りたいほどの羞恥と、嫌われるかもしれないという恐怖だ。とても視線など合わせられず、耳まで赤くして俯《うつむ》く楓に、准爾の声が届いた。

「ほう…」

准爾は狼狽《うろた》えたり怒るではなく、感心しているようだ。

「本当に、男だとはな。こうして見ても、信じられないくらいだ。どうしてこんな一目瞭然《いちもくりょうぜん》なことを偽ろうとした？」

（まさかそんな…私は本当に男なの？）

准爾の言葉が楓を打ちのめす。楓は泣き伏したいのを懸命に堪え、震える身体を押さえながら正直に答える。

「……わかりません」

「わからない？」

「はい…私は男だと言われたことは、過去に一度もありません。だから……今さら男と言われても…わかりません」

死にたいくらいの恥ずかしさと、自分の性別への混乱。堪えきれず、楓はついに大粒の涙を零した。

「私は本当に男…なのですか？」

「ああ。本人は何も知らず、完全に女として育てられたと、そういうことか」

「…っ」

（私が……男だったなんて…！）

信じたくないが、他ならない准爾の言葉だからこそ、楓の胸に現実として突き刺さる。

「だって…お母様は…一度も私にそんなことは…っ」

楓は子供のように大きくしゃくり上げながら、准爾に問いかけた。

「どうして…准爾様や他の方々は、私が一目で男だと…わかるのですか？　私の何が…他の女性と違うのですか？」

自分が男だというなら、その明確な理由が知りたい。丹波もそれは教えてはくれなかったのだ。だが、准爾からは問いに問いで返された。

「それはこちらから問う。そもそも、お前は他の女の身体をよく知っているのか？」

「よくは知りません。私の周りには…母と二人の使用人しかいませんでした。入浴はいつも一人でしたし…」

いったい何がどういう理由でこんなことになってしまったのか。よりによって性別を偽るなど。それが誰かの悪意によるものなら、こんな悲劇はない。

「まともな性教育も受けていないのか。話にならないな」

ひどく呆れたように吐き捨てられ、楓はそのまま力尽きたようにその場に座り込んだ。

「私は……准爾様のお嫁様にはなれないのでしょうか？」

「ああ。そういうことになるな」

目の前が闇に閉ざされたような気がした。だが、ふと傍《かたわ》らにあのお守り袋が落ちているのが目にとまった。挫けそうになる楓の心を、ずっとずっと支えてくれていた鶴が入ったお守りだ。

（――嫌だ…諦《あきら》めたくないっ！）

遠いあの日、他ならないこの准爾と約束したのだ。夢を叶えるためにお互いがんばろうと。今の准爾は別人のように冷たくなって約束のことも覚えていないが、楓はかまわない。正座し、両手をついて深々と頭を下げる。

「私はどうしても、准爾様のお嫁様になりたいんです」

たとえ自分が男であったとしても、その気持ちは何一つ変わらない。だから、はいそうですかと簡単には諦められない。

「どんなことでもします、一生懸命尽くします、だから私を准爾様のお嫁様にしてください」

「男と結婚する気はさらさらないが……そうだな。女として扱ってほしいというなら、考えてやらないこともない」

駄目でもともとの願いだったが、あまりにもあっさりとした返事があった。

「ほ、本当ですか？」

驚いて顔を上げると、長椅子から冷ややかに見つめる准爾が、足を組み替え不敵に微笑み頷いた。

「ああ。『女』としてならな」

純真な楓に、准爾が『女』に含めた意味がわかるはずもなかった。まさかそんな好意的な返事がすぐに来るとは思わず、楓は泣き濡れた瞳を喜びの涙でさらに潤ませる。

「はい、お願いします。どうぞお側に置いてください」

とりあえずお側にさえ置いてもらえれば、いつかまたお嫁様として認めてもらえる日が来るかもしれない。望みを繋ぐことができると、素直にそう喜んだのだ。だが、

「お前は、そこら辺の女よりも遙《はる》かに美しい。妙な倒錯感も湧く。悪くはない」

慰《なぐさ》めや労りという意味から離れているその言葉と、絡みつくような視線に、楓は顔色を変えた。あらためて自分が曝している姿を思い出し、一気に羞恥が込み上げたのだ。身を捩《よじ》りながら細い声で訴える。

「あの…もう着物を着てもよろしいですか?」

「震えているな。恥ずかしいのか?」

「…はい」

「男同士でも、お前の感覚では、嫁入り前の娘が男に裸体を曝しているんだからな」

准爾は嘲るように笑う。まるで玩具のような扱い。楓への労りなどどこにもない。

「そのまま、こっちに来い」

「准爾様…？」

「いいから、来い」

横柄に呼びつけられて少し怖かったし何より恥ずかしいのだが、楓には逆らうことは許されない。怯《おび》えるようにそろそろと近づくと、

「…あっ！」

細い腕を掴まれ、そのまま長椅子に引き倒された。

「なっ、何をなさるのですかっ？」

いきなり組み敷かれ、わけがわからず声を上げた楓を准爾が押さえつけ、見下ろしてくる。

「何をって…？　お前がまともな性教育をされていないのはわかっているが、仮にも女として教育されたのなら、夜の嗜みの一つくらい教わってきたんじゃないのか？」

そう言われ、楓は初めて准爾のしようとしていることの意味がわかった。

「…っ」

しかし、いくら想い続けてきた人とはいえ、あまりにも突然で心の準備ができていない。楓は絶句したまま白い肢体を硬直させると、准爾が意地悪く口端を上げた。

「どう言いつけられた？　言ってみろ」

吐息のかかる距離まで顔を近づけ問われ、心臓が苦しいほど早く鳴りだし、楓は唇を震わせ答える。

「……すべて旦那様にお任せしなさいと。嫌がったり、抵抗してはいけないと…」

夜の嗜みについて、母親から聞いたのはそれだけだ。詳しいことは何も知らない。

「だったら、わかっているだろう？」

「でも…」

「嫌だというのか？」

「そういうわけでは…ありません」

大好きな人と結ばれるなんて、嬉しい気持ちだけに全身が満たされるはずなのに、同時に言い知れない悲しみも込み上げる。

「だったら、おとなしくしていろ。ちゃんとかわいがってやる、女みたいにな」

准爾の大きな手が、楓の前髪を掻き上げる。その感触はとても心地よいのに、自分を見つめる准爾の瞳は氷のように冷たい。楓は何よりその陰りに満ちた瞳に胸が締めつけられた。

（どうして、准爾様はこんなに変わってしまったの…？）

あのときの瞳は希望に満ち輝いていた。いったい何があって、こんなに変わってしまったのだろうか。その准爾の掌《てのひら》が、いきなり楓の中心に触れてきた。

「…や、やだっ」

思わず身を捩って逃げようとしたが、大人が子供を押さえ込むように簡単に捕らわれてしまう。そのまま楓自身を大胆に揉《も》み込まれ、楓は思わず声を上げた。

「やっ、あぁ…っ」

感じたことのない強烈な痺《しび》れに、楓の身体が一瞬跳《は》ねる。

「なに…これ…っ、こんなの嫌ぁ…っ」

揉まれている中心からの痺れが、全身へ甘い快感となって渦巻くように広がる。

「やっ、やだぁ…あぁ…んっ」

何がどうなってしまうのか。初めての感覚に楓は必死に准爾を押し返そうと抵抗するが、腕も震え、思ったように力が入らない。

「十六にもなって、自分で弄《いじ》ったこともないのか?」

楓が涙目で頷くと、准爾が薄く笑う。

「だったら、覚えておけ。ほら、ちゃんと反応してきたぞ」

「…うぅ……っ」

勃《た》ち上がってしまった楓自身がはっきりと曝される。血液が逆流するかと思うほどの、恥ずかしい瞬間だった。

「さっき、自分が女とどう違うのかと訊《き》いたな。それは、こういうことだ」

そんなことを言われてもわからない。楓の黒い瞳はたちまち潤み、すすり泣くように嫌々を繰り返す。

「やだっ、やぁ…ああ…っ！」

「嫌だじゃない。お前も立派に男だということだ。ここは女にはない部分なんだからな」

ねっとりと嘗《な》めるような視線で、局部が犯されていく。

「まぁ、お前のは、私と同じ男のものとは思えないほどかわいらしいがな」

准爾は楓自身をからかうように、指先で軽く弾いた。

「ひゃ…んっ」

一瞬の痛みと、波紋のように広がる快感に腰が蕩《とろ》けそうになる。楓の先端からはじわりと蜜のようなものが滲《にじ》んだ。

「はは。一人前に濡れてきたな」

「うぅ…う…っ」

（恥ずかしい…――――っ！）

性的知識は何もなくても、今自分がどれだけの醜態を曝しているかはよくわかる。楓が言い返すこともできずただ涙を零すと、准爾は楓の中心に長い指を絡ませてきた。

「安心しろ、ちゃんと達《い》かせてやる」

「あぁぁ…んっ」

ゆっくりと扱《しご》かれれば、湧き起こるのは容赦ない快感の大波。

(き…気持ち…いい…っ)

初めての感覚に全身がたちまち虜となって、准爾に誘われるまま、楓自身は弾けそうなほど膨れ上がっていく。

「…あぁ…っ、……ああ…んっ」

先端を爪で引っかかれ、堪《たま》らず楓は身を仰《の》け反《ぞ》らせ全身を痙攣《けいれん》させた。

「はぁ…うぅっ――――くぅ…っ!」

そして、准爾の手の中へ迸《ほとばし》りを漏らした。

(……漏らし…ちゃった?)

自分に何が起こったのか、わけがわからない。だが、これまでにないほどの悦《よろこ》びが頭から手足の先々まで駆け抜けた身体は、その余韻にぐったりと蕩ける。荒い呼吸を繰り返す楓に准爾が、今楓が放ったばかりの白濁がべったりとついた手を見せつける。

「これが何かわかるか?」

あまりにも気持ちよくて、自分が漏らしてしまったものだ。なんて粗相《そそう》をしてしまったと楓は慌てて身を起こし、泣きべそで准爾の手を自ら両手で必死に拭《ぬぐ》った。

「…私は…准爾様になんてことを…すみません！」

「べつに責めているわけじゃない。感じれば男なら当然出るものだ」

「でも…っ」

「もういい。続ける」

真っ赤になり羞恥と罪悪感に震える楓を、准爾が再び押し倒した。いきなり片足を膝が胸につくほど持ち上げられると、准爾の長い指が一本、あろうことか楓の蕾《つぼみ》に差し込まれたのだ。

「やっ、あぁ…っ、何でそんな…指を…っ？」

他人の指が体内で蠢《うごめ》く、何とも言えないその感覚。楓の白い素肌にはたちまち鳥肌が立つ。

「ひゃ…ああっ」

内部のとある場所に准爾の指があたった瞬間、楓の身体は大きく震えた。背筋を這《は》い上がってくるのは、紛れもなく先ほどの行為で得たものに等しい快楽。淫《みだ》らなその熱に、身体が中から支配されていく。声も抑えられなかった。

「…ああぁ…う…っ、はぁ…ん…っ」

「だいぶ悦《い》いみたいだな？」

解放したばかりの楓の中心も、再び勃ち上がってきていた。自分ですら触れたことのない場所。初めての内部からの刺激は、これまで一度も味わったことのない激しい快感となって身体中に伝わって、もう堪らない。

「そこっ…だ、だめですっ、また…漏らしちゃう…っ」

このままではまた感じすぎて、先ほどのような粗相をしてしまう。楓は腰を揺らして指を拒もうとするが、まるでもっととせがんでいるようになってしまっていた。だが准爾にはそれが面白かったようだ。意地悪い声でわざとらしく楓の羞恥心を煽《あお》る。

「かまわない。感じるままに感じて、お前のはしたなく乱れるところが見たい」

「…うぅ…っ」

「ほら、もっと脚を開け。側に置くも追い出すも、私の気持ち一つなんだぞ」

そんなことを言われては、逆らえるはずもない。楓が震えながら自ら脚を開くと、嬲《なぶ》る指がさらに増やされていく。与えられる快感も数倍になり、大きく身悶《みもだ》えた。

「はぁぁ…ん、あぅ…ん」

三本の指を根本まで受け入れさせられ、奥の奥まで嬲られるようになると、もっと奥まで触れてほしいという浅ましい欲望が芽生えてどうしようもなくなってきた。

「…ふ……あぁ…ぁっ」

震える唇から熱い吐息を漏らし、楓が焦れたように自ら腰を揺らすと、若い肉体が欲望を前に完全に陥落しているのがわかったのだろう。准爾が口端を上げる。

「そろそろ、いいな」

准爾は自らの男の象徴を取り出した。そして、ぐったりしている楓の蕾へとあてがう。

「そのまま力を抜いていろ」

指とは比べものにならない質量が、体内に押し入ってくる。たっぷりと解《ほぐ》されてはいたものの、その衝撃に楓は悲鳴を上げた。

「ひぃ…あああぁ…っ！」

とても呑み込めるものではない。内壁は侵入者を頑《かたく》なに拒んで固く引きつり、身を裂かれんばかりの激痛が走る。

「うっ、ううっ……い、いやぁぁ……っ」

全身を硬直させ苦痛に顔を歪《ゆが》めた楓は、固く閉じた目から大粒の涙を零す。痛みが恐怖心を招き、恐怖心がさらなる痛みを生む。まさに生き地獄だ。

「…ひ…うぅ…っ、准爾…様ぁ…っ」

痛みに顔を歪め、助けを求めるように楓は肢体をくねらせる。

「うるさい。もう少し色気のある声で鳴けないのか」

そんなひどい言葉とともに准爾の顔が近づいてきて、唇に唇が重ねられた。生まれて初めての口づけだ。

(准爾様…っ)

准爾に愛されているわけではないとわかっていても、大好きな人から施される甘い蜜のようなそれに、無垢《むく》な心はたちまち懐柔されていく。

しっとりとして柔らかく、目眩《めまい》がするほどの幸福感に包まれる。痛みも少しずつ遠のきその気持ちよさにうっとりすると、准爾の舌先で口を開くように唇を突かれた。口を開くと、准爾の舌が舌に絡みつく。

「ん…ふ…っ」

舌裏まで丹念な愛撫《あいぶ》で貪《むさぼ》られ、軽く吸い上げられると、口づけを終える頃には意識も半分遠のきかけていた。

「このまま私の背に手を回せ。呼吸を深く、ゆっくりしろ」

朦朧《もうろう》とするまま、楓は促された通り細い腕を回して准爾の背に縋り、深呼吸を繰り返した。それに合わせて准爾が身を進めてきたが、もう痛みも緊張も嘘のように失せ、恥ずかしいほどの甘い疼《うず》きに変わっていた。二人が繋がる場所が、もっと准爾を奥まで受け入れたことを喜ん

でいるかのようだ。

「動くぞ」

ゆっくりと律動が始まると、先ほど指でさんざん嬲られた内壁は、その甘美な味わいをようやく思い出していく。

「…あぁ…ふ、…あ…んんっ」

指では決して届かない奥の奥まで、大好きな人の象徴でいっぱいに拓かれる。もはやそこから生まれるのは、これまでとは比べものにならない大きな快楽のうねりだ。

「はっ……あぁぁ…んっ」

楓の悦びがわかったのか、准爾は楓の脚を抱え直し、動きを容赦ないものにしていく。

「ああぁっ、やぁ、あぅぅ…ふ…っ」

持ち上げられた白い足が大きく揺れるまま、上げるのは歓喜の悲鳴。もう一切何も考えられない。楓は上り詰めるまま身体を痙攣させて、先端から白濁を漏らした。そしてほぼ同時に、准爾の身体が震える。

「…くっ」

最奥に熱い迸りが注ぎ込まれた。それが何かよくわからない楓は、その生々しい感覚に大きく震え、混乱するままついに意識を闇に飛ばした。

気がつけば、大きな寝台で眠っていた。

（――ここは…どこ？）

柔らかい日差しが窓から部屋に差し込んでいる。夜が明けたというより、もう昼に近い時間かもしれなかった。楓はゆっくりと身を起こす。自分が裸でいることと腰の痛みから、昨晩のことを思い出して、ここが准爾の部屋の一つだとようやく察した。

（私…准爾様と……）

恥ずかしさに頬を染めつつも、ついに結ばれたのだという喜びと幸福感が全身を包む。

寝台の横の机の上に、西洋式の長襦袢のようなものが置いてあったので、楓はとりあえずそれを身に纏い、隣の部屋をそっと覗いた。

（あ、准爾様だ――）

昨日とはまた違う洋装だ。楓は西洋の服に詳しくはないが、准爾がとても品よくお洒落なのはわかる。窓辺の椅子で、優雅に西洋のお茶を飲みながら何かを読んでいる姿も、とても様になっていた。

（やっぱりかっこいいな…）

瞳の色は冷たく変わってしまっても、惹《ひ》かれずにはいられない。ずっと想ってきた人の姿をこうして見られるだけでも幸せだ。

昨夜はわけのわからないうちに抱かれてしまったし、自分が男だとわかったことはとても悲しいが、こうして抱いてもらえたのだから、少しは気に入ってもらえたと期待してもいいだろうか。

楓は乱れた髪を手櫛で整えて、静かに部屋に入ると扉の所から准爾に挨拶をした。

「……おはようございます。こんな格好ですみません。あの…私の着物は？」

初めて夜をともにした自分に、准爾がどんな言葉をかけてくれるか心を躍らせたが、准爾はこちらを振り向きもせず返してきた。

「着物はその辺にあるだろ」

誰かが一纏めにしてくれたのか、部屋の中央の長椅子の上にきちんと畳んで置いてあった。大切なお守り袋もその上に載っていた。

楓がそれを手にすると、准爾がやはりこちらを見ずに言う。

「身体を洗いたいなら、寝室の奥のシャワーを使っていい」

本当に素っ気ないが、それでも最低限のことは気にかけてくれているようだ。冷たいなかにわずかだが昔のような優しさが窺《うかが》えて、楓は嬉しくなり頰を桜色に染める。

「寝室？　シャワー…て何ですか？」

「寝所の奥に、西洋式の風呂がある。湯が使える」

「はい。ありがとうございます」

　頭を下げた楓は、着物を持ってすぐに寝所の奥に向かう。扉を開けるとそこは石造りの湯殿になっていて、初めて見る白い浴槽があった。使い方はよくわからなかったが、取っ手を捻《ひね》ってみたら湯が出てきたので、それで身体を洗い、側にあった大きな柔らかい布で拭く。全身がようやく綺麗になった気がする。

　濡れてしまった髪を三つ編みに編んで、着物を着て、再び准爾の元へ向かう。

　窓辺の椅子で准爾が先ほどから読んでいるのは、大きな紙だ。広げられたそこには、外国の文字がびっしりと書かれている。読み進める眼差しは真剣で、凛々しさが際立つ。初めて会ったときの意欲に満ちた准爾の瞳を思い出し、楓は見惚れつつ声をかけた。

「あの…何を読まれているのですか？」

「新聞だ」

「新聞？　外国の瓦版《かわらばん》ですか？　何が書かれているのですか？」

「何が書かれていようと、お前には関係ないだろ」

　不機嫌そうに睨《にら》まれた。ようやく顔をこちらに向けてくれたが、怒られてしまっては意味がない。准爾が関心を寄せていることなら何でも知りたくて、つい余計な口を挟んでしまった。楓は悲しげに項垂《うなだ》れる。

「…すみません。すごく熱心に読まれているようだったので…」

しかしなぜか、それがさらにいらない一言だったらしい。准爾は顔を顰め、新聞を乱暴に畳んで机の上に放り投げた。

(新聞のこと、聞かれたくなかったのかな?)

理由はわからないが、新聞に向けていた眼差しは、これまで楓に向けてきた冷ややかで無関心なものではなかった。かなり熱心に読んでいたように見えたからこそ、楓の心はときめいたのだ。

だが、不機嫌そうな顔にもうこれ以上この話題はしない方がいいと思い、楓は口を閉ざした。すると、准爾が脚を組み替えながら横柄に促してくる。

「そこに座れ」

「はい」

楓が言われるまま机を挟んだ向かいの席に腰掛けると、准爾が一通の手紙を楓に見せた。

「ここにお前の調査報告書がある。昨日、京都にいる使いに命じて調べさせた」

「私のこと…ですか?」

「ああ。お前は自分のことすらよく知らないようだからな」

楓は母親に躾られ、女として育ってきた。それに何か理由があるなんて思ったこともない。どんなことが報告として纏められているのか知りたいが、やはり少し怖い。表情を曇らせる楓に、准爾はかまわず続ける。

「お前は戸籍も女になっている。やはり大平家も、本当に女と思っているようだ。男とわかっていて堂々と推薦してくるわけがないからな。屋敷は今もいつもと変わらない様子だそうだ」

まるで今さっき確認してきたかのような准爾の口ぶりに驚いて、楓は尋ね返した。

「あの…いったいどうして京都の様子がわかるのですか？」

いくら三久保財閥の力を用いても、東京と京都では船や早馬で片道最低三日はかかる。こんなに早く調べられるわけがない。世間のことには疎い楓でも知っている常識だ。

だが、それを准爾は鼻で笑った。

「電話…といっても、お前にはわからないか。ちょうど先週、京都への回線が設けられた。電話を使えば遠方でも直接会話ができる。使いの者に調べさせれば、現地からの報告は容易だ」

「そうなんですか…」

開港以来、外国の文化を取り入れめざましく発展していく日本は、常識すらどんどん過去のものへと変えていった。

そして准爾の話は、いよいよ楓の、本人すら知らなかった核心部分へと触れた。

「だが、その大平家がこちらに隠していたことがある――――それは、お前が精神疾患の母親に育てられたということだ」

「精神疾患…」

「そうだ」

「そんなことはありませんっ。母は大変立派な女性でした。私は母から女性としての嗜みをすべて学んだんですから」

いくら准爾が相手でも、母親のことを言われるのは自分のことを言われる以上に悲しい。父親が亡くなってから、本家に虐《しいた》げられつつ懸命に楓を育ててくれた人なのだ。

しかし准爾はからかうように嘲笑う。

「男なのにか？　一目で男子とわかる我が子を女として育てるなんて、まともな母親のすることか？」

「……それは…っ」

「使用人を問い質しようやくわかったが、お前は男だったら遠方に養子に出されることになっていたらしい」

世間的には、宝院家は破産したのではなく跡継ぎがなく断絶したということになっている。

大平家としては、今さら男の子が生まれてもやっかい事に巻き込まれるだけと判断し、男の場合には即座に養子縁組の手配をすることを身重の母親に告げていた。しかし、夫も財産も失ったことからすでに精神が病んでいた母親は、そのことでさらに症状を悪化させてしまった。

「生まれた子を取られまいと、必死に女の子だと言い張り泣き叫ぶ母親があまりにも不憫で、使用人たちは産婆も含め口裏を合わせたということだ」

そして使用人たちは楓を女の子として出生届を出し、この十六年、本家すら欺《あざむ》いてきたということだった。

「……っ」

楓は、告げられた事実にこれまでのすべてを打ち砕かれ、すぐには言葉が出なかった。だが、少なくとも自分が何者なのかという混乱はなくなった。それに女として育てられたことは、誰かの悪意によってではなかったのだ。

しかし事実を知った代わりに、楓の女としての今までの人生は意味がないものになってしまった。涙が溢れそうになった楓は唇を噛んで堪える。それもまさかこうして准爾の口から伝えられるとは、何とも言えない喪失感だ。心の指針を失い泣き崩れてしまいそうになる。

でも、着物の上から思い出の折り鶴を押さえて、懸命に気持ちを落ち着かせる。

(それでも、私は准爾様のお嫁様になりたい……)

男の自分ではもう叶わぬ願いかもしれない。でも諦めたくないし、諦められない。今の楓に残る、たった一つの想いだから。

「母親が亡くなり、お前の婚約が決まっても、今さら男だとは言い出せなかったなどと……まったく、ふざけるにもほどがある。使用人の分際で」

氷のような冷たい眼差しで、苛立ちを露《あらわ》に手紙を机に叩きつけた准爾に、楓は急に別のことが心配になって恐る恐る尋ねた。

「あの…」

「なんだ？」

「私の世話をしてくれた使用人たちに、お咎《とが》めはあるのでしょうか？　どうか罰しないでやってください。三久保家を侮辱するつもりなど決してなく、心から母を思ってのことだと思うんです」

大平家から蔑《ないがし》ろにされている母親と楓に、二人の使用人たちはとても親切にしてくれた。楓に対して負い目があったからかもしれないが、それでも助けられたのは事実だ。

「自分の身より、他人の心配か。おめでたいな。お前の人生を狂わせ、今までの努力をすべて無駄にされたのに、恨まないのか？」

確かに、性別を偽られていたことは辛くないと言えば嘘になる。でも楓は静かに首を横に振った。

「……でも、そのお陰で、母は最期《さいご》まで心穏やかに逝《い》くことができました。大平家から私を准爾様のお嫁様の候補に推薦すると言われたときには病で伏せっていましたが、本当にすごく……すごく喜んでくれたんです」

母親がどれだけ自分を愛してくれていたか、楓自身がよく知っている。最後に親孝行ができたと、看取りながら思ったのだ。

母親の行為が正しかったかどうかはわからないが、少なくとも楓はこの十六年間がすべて無駄だったとは思わない。それには一つ、強い想いがあるからだ。

「女として育ててもらったお陰で、こうして准爾様の元へ来ることができました。男として養子に出されていたら、違う人生があったでしょうが、そうなっていたら准爾様とはきっと逢えませんでしたから」

それが楓のすべてだ。自分が今こうして准爾の前にいられる。素直にそれを喜びたいと思ったのだ。そんな純粋な楓の気持ちを、准爾は冷ややかに嘲笑う。

「まぁいい。大平の使用人の処遇など、最初から興味はないし、お前が男であることを大平家に知らしめても、面倒事が増えるだけだ」

楓のことは、使用人を問いつめただけらしい。大平家を直接責めれば、向こうは当然大騒ぎになる。謝罪にも出向いて来るだろうし、そのやり取りが面倒ということのようだ。

「だがこれで、私とお前の婚約は白紙撤回ということだ。いいな」

「……はい。わかっています」

はっきりと破談を言い渡されて、楓の大きな瞳は涙で潤むが、でも仕方がないことだ。せめて公に婚約発表する前でよかった。破談の噂《うわさ》が立てば三久保家の家名に傷をつけてしまうし、そうなれば使用人たちに厳しい罰が下されていたかもしれない。不幸中の幸いと思うしかない。

「それでも……私は、准爾様のお側にいたいんです……どうか、京都には戻さないでください。お願いします」

楓は震えながら深々と頭を下げる。

『女としてなら、側に置いてやってもいい』

昨晩、准爾はそう言っていた。その気持ちが変わらないでいてくれるといいのだが。

「ああ。お前は男だが——期待以上になかなか具合もよかった。しばらくはこのまま手元に置いてやろう」

相変わらずひどい物扱いの言葉だが、准爾の側にいさせてもらえるのは、楓にとっては何より喜びだ。楓は顔を上げ、溢れる涙で瞳を潤ませた。

「ありがとうございます」

昨晩の行為も、嫌だというわけではない。恥ずかしいし、准爾が自分に愛情があるわけではないのはわかっているが、それでも身を一つにする高揚感を思い出し、身体は熱くなる。

准爾が好きなのだ――たとえ、かりそめでもかまわないくらい。

「お側に置いていていただけるなら、いつか准爾様のお嫁様として認めていただけるように、一からがんばります」

本当に心から愛してもらえるようになりたいから、精一杯努力をしていこう。新たな決意に楓が瞳を輝かせると、准爾が長い脚を組み替えながら鼻で笑う。

「男のくせに、本気で私の『お嫁様』になりたいのか？」

「もちろんです」

真っ直ぐに准爾を見つめて答えると、准爾は呆れたのか、冷笑を浮かべ訊いてくる。

「財産。地位。社交界での繋がり。お前は三久保家に何を求めている？　正直に言え」

こちらに向けられる准爾の瞳に、陰りの色が強くなった。しかし楓は怖じけない。その質問の答えなら、考えるまでもないからだ。

「本当に申し上げてよろしいのですか？」

「ああ。言えるものならな」

准爾は厭味《いやみ》のつもりだったのだろうが、楓にそれはまったく通じず、背筋を正して自分の想いを堂々と答える。

「正直に言わせていただくなら、三久保家には何も求めていません。私は准爾様のお嫁様になりたいだけですから」

楓は三久保家に嫁ぎたいのではなく、あくまでも准爾の『お嫁様』になりたいのだ。資産や地位など関係ない。たまたま准爾が三久保家の四男という立場にあるだけで、そうでなくても構わなかった。

「三久保の家名が関係ないのか」

「はい。べつに」

その気持ちを素直に述べただけなのだが、准爾にはそれが予想外だったのか、ひどく驚いたように楓を見つめた。

「……変なやつだ」

「大好きな人のお嫁様になりたいと思うのは、そんなに変なことでしょうか？」

「そうではなくて…」

「なくて…？」

無垢な想いそのままに、楓の黒い瞳が准爾を見つめ返すと、返答に困ったかのようにすぐに視線が逸《そ》らされる。そして「…もういい。下がれ」と一方的に話を終わらされた。

楓の洋館での生活は、今まで通り女として振る舞うことが許された。世話をしてくれる丹波は終始不機嫌だが、准爾の決定はこの館では絶対なのだ。

楓も少しでも早く西洋式の生活に慣れようと、館の中を隈なく見て回り、いろいろ積極的に学んでいった。そんな努力が実り、新緑の色もすっかり深まった五月末には、楓は日常生活で戸惑うことはほぼなくなった。

食事のときの仕来りはもちろん、大平家への形式的な近況報告の手紙も、筆でなく万年筆で書けるようになった。婦人服も自分で選んで難なく着られるようになり、西洋から取り寄せたかわいらしいリボンで楓は長い髪を飾る。着せ替え人形のように毎日美しく装って、准爾の目を楽しませるのが楓の務めだ。

夜に部屋へ呼ばれれば床の相手もさせられるが、それは准爾の言葉通り退屈しのぎのようで、片手で足りる程度の回数しかなかった。

恋人といった扱いでは到底なく、愛玩動物に近いのだろうが、それでも楓にとって准爾の側にいられる一時は格別だった。なぜなら、准爾は屋敷にあまりいないのだ。

一緒に生活してわかったことだが、准爾の出掛ける理由の大半は遊びに興じるためだ。社交界のつき合いと言えばそれも務めの一つだろうが、仕事らしい仕事は何もしていない。気ままに豪遊三昧を楽しんでいる。

三久保財閥の将来を思っていたはずの人が、まさに財を食いつぶすようなことしかしていない。四男がいくら湯水のように金を使い遊びに興じても、それで揺らぐような三久保財閥ではないが。

それに、楓の悲しみはそれだけではなかった。何より辛いのは、准爾の激しい女遊びだ。何人もの愛人がいるらしく、香水の匂いをさせて朝に帰ってくることも珍しくなかった。

それどころか、この館に連れて帰ってくることもある。二人が部屋で何をしているかなど、訊かなくても楓にもわかり、何度涙を流したことか。

これだけ立派な資産家の男なら何人も愛人を持つのは珍しいことではないし、楓も覚悟はしていたのだが、やはり実際准爾の部屋に麗しい女性が出入りするのを見かけると、胸が押しつぶれそうになるのだ。

(今日は准爾様、帰ってきてくれるかな?)

一昨日から准爾は出掛けたままだ。寂しくて堪らないが、楓には待つことしかできない。それにもし帰ってきたとしても、女連れなら楓は准爾の側にはいけないのだ。

今夜も食堂で一人の夕食を済ませ、大階段を上がっていると、ふと自動車の音が聞こえてきた。階段の踊り場のアーチ型の窓からは、表玄関前の広場が見える。そこから外を確認すると、夕暮れの広場に到着したのは、間違いなく准爾を乗せた車だった。

降りてきた姿は、准爾一人だ。今夜は女性を連れ帰ってはこなかったようだ。

(よかった…!)

楓は階段を急いで下りて迎えに出ようと玄関に向かった。玄関では帰宅時間を事前に訊いていたのか、執事の牧村が出迎えていた。

「お食事はどうなさいますか?」

「済ませてきた。撞球室《ビリヤード》に行くからワインを持ってきてくれ」

「はい。かしこまりました」

撞球は准爾の趣味の一つだ。館の広い敷地には、撞球専用の小屋がある。撞球室はこの館と地下通路で繋がっていて、雨の日も濡れずにそこへ行けるという、最先端の造りになっていた。

「お帰りなさいませ、准爾様」

楓が丁寧に准爾に頭を下げると、准爾からは「ああ」と一言だけ返事があった。

丸二日ぶりに会ったというのに、あまりにもつれない態度だ。でも、楓はへこたれない。広間にある地下通路への階段を下りていく准爾の後を追う。

「私もご一緒してもよろしいですか?」

「好きにしろ」

あくまでも冷たいが、追い払いまではしないのが准爾のいつもの姿勢だ。

「はい」

楓はその後ろを、飼い主を慕う子犬のようについていく。地下通路を通り、撞球室の中へと出た。米国の木造ゴシック様式という贅をこらした外観と内装は、この洋館と同じ外国人建築家に造形設計させたものだ。

撞球は、今の社交界では欠かせない大人の遊技になっている。長方形の台の上で数個の球を棒で突き、球同士をぶつけて六ヶ所の穴に球を落とすのを競い合う。勝つには高度な技術と知恵を必要とする。

准爾は友人たちを招いて楽しむこともあれば、今日のように一人で練習もしている。慣らしておかないと腕が鈍るのは、どんな習い事でも一緒だ。准爾はどれだけ遊びに興じていても、館にいるときは撞球の練習を怠ることはない。

(本当はとても努力家で、真面目な人だと思うのに…)

時折垣間見られる、准爾の真の性格。それは優しく希望に満ちた少年時代の面影と重なるから、余計に変わってしまった今がやるせない。いったい何が准爾を変えてしまったのか、今の楓には知る術もないのだ。

羅紗《ラシャ》張りの台の上に球を並べ、長い棒を構える。手足の長い准爾はとても様になっていて、楓の胸を高鳴らせる。

心地よい音をさせ、突かれた球が他の球とぶつかり合い、転がって端の穴へと面白いように落ちていく。准爾は国内では負けなしの腕前だと、丹波から訊いたことがある。

蓄音機で静かに奏でられる音楽を聞きながら、極上の赤ワインを口にする。まさに時代の最先端の男の姿だ。

准爾の一つ一つの仕草を、楓が傍らの長椅子に腰掛け頬を染めつつ見つめていると、その熱い視線に気がついたのか、准爾が振り返った。

「ずいぶん楽しそうだな」

「はい。准爾様のお姿を見ているだけでも楽しいですから」

満面の笑みで答える楓に、准爾はやれやれと呆れたように息をつく。

「私と顔を合わせるたびに、そう言うな。そんなに私が好きか?」

「はい。大好きです。お嫁様にしてくださったら、もっともっと大好きです」

気持ちをそのまま伝えると、珍しいことに准爾が声を上げて笑った。怒られたわけではないようだが、今までないことなのでどうしていいか困ってしまう。楓は椅子から立ち上がって、准爾の元へ駆け寄り尋ねる。

「…あの、また変なことを言ってしまいましたか?」

どうして笑われるのかわからないし、前にも『変なやつ』と言われているので、心配になったのだ。すると、准爾は大きく息をついて吐き捨てられた。

「お前の馬鹿さ加減には、いつも呆れる」

「准爾様…」

しょぼくれる楓を鼻で笑い、准爾が撞球用の棒を手渡してきた。

「どうだ? お前も撞球をやってみるか?」

「教えてくださるのですか?」

いったいどういった風の吹き回しか。准爾がかまってくれるのが嬉しくて、楓は瞳を輝かせる。

「ああ。もしお前が上手くなって私に勝てたら、『お嫁様』にしてやってもいい」

准爾は社交界一の腕前だ。つまりは絶対負けないという自信があるから、わざとそう言って楓をからかっているだけだった。

「准爾様のいじわる…」

棒を握りしめ楓が子供のようにむくれると、なぜか急に准爾の顔が顰められた。

「…准爾様?」

「――しっ」

静かにという指を立てる仕草。どうやら楓に怒ったわけではなく、外の不審な気配を窺っているようだ。楓も一緒になって耳を澄ますと、蓄音機の流す音楽に混じって、玉砂利を歩く音がする。足音は撞球室の裏から回り込んで、表側に向かっていた。

「警備の者なら、こんな足音は立てない。私に恨みがある者かもしれない」

「…恨みに、心当たりがあるのですか？」

「ありすぎて、わからないくらいだ。私がここで一人でいるのを狙って、たまに警備の目を潜りよからぬ者が来る」

「どうして准爾様を？」

「単なる痴情のもつれ、逆恨みだ。お前はここでおとなしくしていろ」

「でも…」

「いいからここにいろ。私なら大丈夫だ。足音も消せない輩《やから》なんて、大抵これで脅す程度で退散する」

准爾は机の引き出しから護身用の小銃を手にし、庭へと出て行く。准爾はこうした揉め事に慣れているようだ。銃の腕にもかなり自信があるのか、少しも動じていない。

しかし、楓はとても心配でじっとなどしていられなかった。すぐに窓から外を確認する。日本刀を振りかざした大柄の袴《はかま》姿の男が、准爾の前に立ちはだかるのが見えた。

「三久保准爾、よくも俺の顔に泥を塗ってくれたなっ！　太夫《たゆう》は俺を一番の上客にしていたのに…っ」

揉め事は遊女の取り合いらしい。准爾が冷ややかに男に言い放つ。

「己の力量のなさをいちいち逆恨みされても困る。怪我をしないうちに帰ればよし、そうでないなら…」

持っている小銃を構えようとした瞬間、准爾を庇《かば》うようにその前に立ったのは、撞球用の棒を長刀のように構えた楓だ。

「准爾様に仇《あだ》なす者、この楓が許しません！」

「なんだ、この女はっ？」

「楓、よせっ！」

准爾の制止もきかず、楓は長い髪と婦人服の裾をひるがえし、日本刀で切りかかろうとした男に三撃喰らわせた。常人ではとても追えない速さに、男は太刀打ちできず白目を剝《む》いて倒れる。楓の圧倒的な強さに驚いて、准爾が駆け寄ってきた。

「……楓…これはいったい？」

乱れた髪を整えた楓は、何事もなかったかのように棒を准爾に返し、花のように微笑む。

「一応急所は外しました。でも、しばらく目は覚めないと思います。今のうちに誰かを呼びましょう」

楓にしてみれば、これくらいの芸当は何でもないことなのだ。騒ぎを聞きつけた警備の下男たちがかけつけ、男を縛り上げて連れて行く。楓は准爾に呼ばれ、准爾の部屋へと一緒に場所を移した。

「本当に驚いた。まさかお前に、あんな特技があるとは…」

部屋の中央にある大きな長椅子に腰掛けた准爾が、まだ信じられないようにそう呟《つぶや》く。女にしか見えない可憐《かれん》な容姿。この細い手足で大柄の男を瞬く間に倒してしまうとは、あまりにも意外だったのだろう。

「長刀は、武家の女子の嗜み。免許皆伝《かいでん》を賜《たまわ》っております」

そう微笑んだ楓を、准爾は隣に腰掛けるように促し、端整な顔を顰めた。

「だが、だからといってうかつに飛び出せば、お前の命が危なくなるんだぞ？　もし、相手が手練だったり、私のように銃を持っていたらどうする？」

厳しく怒られているのだが、楓に愁いはまったくなかった。

（准爾様が優しい…！）

いつもの物扱いとは違う眼差しに、一気に胸が躍る。今までの冷たい素振りを忘れたかのように、准爾が楓の身を案じてくれているのだ。さっきは暴漢から隠そうとしてくれ、今も本気で叱ってくれている。楓にはそれが嬉しくて嬉しくて堪らなかった。

「ご心配をおかけしたみたいですが、時に命に代えても旦那様をお守りすることは、私が准爾様の『お嫁様』になるために、学んできたことの一つですから」

自信を持ってそう告げると、准爾はさらに声を荒らげた。

「馬鹿か。どうして、そこまでできる？　男のお前が本気で『お嫁様』になれるとでも思っているのか？　弄《もてあそ》ばれているだけとは思わないのか？」

「その通りかもしれません。でも…」

言われなくてもわかっている。こうしていくら尽くしても、しょせん自分は愛人の一人という扱いでしかないことは。でも、楓はすでに心に決めているのだ。

「それでも、私は『お嫁様』になることを諦めません」

何があっても、自分からはこの想いは捨てない。今はこの願いのためだけに生きているのだから。

「いったい、私がお前に何をしてやったというんだ？　三久保財閥の名もいらないというのが本当なら…これほど慕われる理由がない」

「十年前に、准爾様は私にくださったんです。私に――准爾様のお嫁様になるという将来の夢を」

「十年前？　お前は私と会ったことがあるというのか？　確かに留学前に父と京都へ行き、父と親交のある旧家を何軒か回った記憶はあるが…」

准爾にとっては留学前のたわいない出来事だ。忘れてしまっていても当然だろう。しかし、楓はあの日の准爾の労りによって大きく変わった。泣いてばかりいた自分に、准爾は初めての恋心と、何より素晴らしい夢を与えてくれたのだ。

「准爾様は、そのときにこれもくださいました」

楓は婦人服の下、紐を付けて首から提げて常に持っているお守り袋を出し、中から鶴を取り出した。羽根を開いて准爾に差し出す。

「覚えていらっしゃるでしょうか？」

「この羽根のところの文字は…私が？」

准爾が驚きに目を見開き、身体を震わせた。

「はい。准爾様がお書き添えくださいました。私には読めませんが」

「……それで、お前はずっと十年もこれを持っていたのか？」

「はい。辛いときや悲しいとき、これが支えになってくれました。私の希望、そのものです」

「そうか……希望か……」

何か思うことがあったのかひどく自嘲的に笑った。

「この言葉の意味を、知りたいか？」

「はい。本当は、お嫁様にしていただいたときにお尋ねしようと思っていたのですが」

十年前に、いったい准爾は何と記したのか。楓はずっとずっと知りたかった。いつか准爾に嫁ぎ、聞くことができる日を夢見てきたのだ。

准爾は鶴を楓に返し、大きく息をついた。そして告げてくる。

「ここに書かれている言葉は、『ｈｏｐｅ』――『希望』という意味だ」

「希望…」

楓は驚き、思わず息を呑んだ。楓の心を支えてきた言葉そのままだったのだ。

（こんなことが……）

これはただの偶然か。いや、違う。あのときの准爾の心にも、今の楓と同じ思いがあったからこそ、『ｈｏｐｅ』と記したのだ。

「今、思い出した……そうか、あのときの少女がお前だったのか…。留学へ意欲に燃える私の話を、幼いながら大きな瞳を輝かせ聞いてくれていた」

「准爾様…」

「あの頃は、私も本当に希望に胸を高鳴らせ、自分の将来に夢を馳せていた」

遠い記憶を辿る准爾の顔に深い哀愁が漂い、楓の胸も痛いほど締めつけられる。つまり今は違うということなのだから。

「また、私の話を聞いてくれるか？　今度は少しも面白い話ではないが……」

そう言って、准爾がそっと楓の手を握ってきた。彼の心の扉がゆっくりと開かれようとしている。楓はその手を握り返し、静かに頷いた。

「はい。聞かせてください」

もし、語ることで少しでも准爾が慰められるというのなら、どれだけいいか。そんな想いを込めて見つめる楓に准爾が重い口を開いた。

「自分で言うのも何だが、私は十年間、本当に一心不乱に外国で経済を学んできた」

留学当初は准爾も若く、まして初めての外国だ。何度日本に帰りたいと思ったかわからないくらい、辛い日々だったという。しかし、それを必死に思いとどまり、三久保財閥を父や兄たちとともに担うに相応しい男になるために努力し続けた。

「米国と欧州を回り、私は誰にも勝る知識を身につけたと自負して帰国した。だが、そんな私を待っていたのは、当主である父の思わぬ言葉だ」

准爾の手がかすかに震えている。彼にとってよほどのことを言われたに違いない。

「何と、おっしゃられたんですか？」

「三久保財閥の形態は、すでに決まっている。四男である私が今さら口を挟む必要は一切ないと…」

「そんな…」

父親たちにしてみれば、准爾の留学は道楽の一環に等しかったのだ。何を学ぼうが関係ない。一族を飾るのに留学という経歴を欲しただけだったようだ。

「四男として生まれた私の使命は、三久保財閥の駒として動くことだった。そんな馬鹿馬鹿しいことがあるか……四男というだけで一切の口出しを認めないのなら、私の十年はいったい何だったというんだ。私は外国の要人接待のためだけに、外国語を学んできたわけじゃない」

「准爾様…」

楓にはようやく准爾の心の傷の在処《ありか》がわかった。彼の誇り、存在意義と言えるべき部分に、深い傷を負っているのだ。

「もちろん納得なんてできず、意見をぶつけると、父は言った。自分の名の意味をよく考えろと」

「名前…ですか？」

「私の名は『爾《なんじ》は准ずる』。自分の考えなど持たず、当主の指示に従うことを、生まれたときから定められている名だ…」

苦しげなその嘆き。自身の全否定とも思えるその意味に、准爾の心は貫かれそして空虚になってしまったのだ。

「以来、私がどれだけ道楽に興じていても、父は私を咎めない。本当に必要ないんだ…私など。十年間死にものぐるいで学んできたことも、まったく無意味だった…」

当主の決定は絶対。この館では准爾が頂点であるのと同じく、三久保家の四男の立ち位置では、何をどう変えることもできない。

「だから、私は考えを変えた。希望など持つから、叶わないことに腹が立つ、悲しみを覚える。それなら———私はすべてを諦める。それが一番心が穏やかでいられるからだ」

これ以上心を傷つけないよう、それが准爾が選んだ術だったのだ。しかし、楓は言い返した。

「本当に穏やかなのでしょうか?」

遊びに興じているのに、あの暗い瞳。冷ややかなあの態度。准爾がいかに自棄だったのか、今ならよくわかる。

「准爾様は、お諦めになんかなってません」

「楓…?」

それに楓は知っていることがある。だから、はっきりと指摘した。

「私は、今でも准爾様が外国の新聞を熱心に読んでいらっしゃるのを知ってます。経済に関心を失っていたら、わざわざ読まれるはずもありません」

「…っ」

「理解の得られない今は、苦しいときかもしれません。でも、いつかきっと准爾様のことをわかっていただけるはずです」

「どうして、そう思う？」

きつく睨む准爾の問いは尤《もっと》もだろう。同情だけの根拠のない慰めならきっといらない。何の救いにもならないからだ。

「だって——時代がきっと准爾様を必要としますから。こんなに外国文化を取り入れて、日々変わっていく日本です。海外で学ばれた准爾様のお知恵が必要にならないわけがありません」

めざましい日本の発展。この洋館の設備などはもちろんだが、東京にいるまま京都の人と話せるようになるなど、楓は夢にすら思ったことがない技術だ。多くの文化を受け入れるということは、流通が変わる。それによって経済の在り方も、大きく変わることになる。日本独自の古い考えだけでは、絶対にこの先やっていけないはずだ。

「そう…思うか？」

真っ直ぐ自分を見つめる准爾の瞳に、楓は大きく頷き返した。

「はい。それに名前の意味でしたら、私なんてただの葉っぱですよ。意味なんて取りようで変わります。私にとって准爾様は『爾は准じられる』。誰もが手本にしたくなるような殿方です」

「楓…」

「准爾様は私に『希望』という、この折り鶴をくれた方。今は少し疲れて休んでいるだけで、時期さえ来れば誰よりも立派に夢を叶えるはずです。私はそう信じています」

好きになった人を信じることができないで、他に何を信じろというのか。

「お前だけはこの私を私として信じてくれているのだな…三久保という家名ではなく」

見つめるのは十年前と同じ、優しい眼差しだった。そのまますっぽりとたくましい胸に抱きしめられる。

「――ありがとう…楓」

「准爾…様…っ」

楓の大きな目にはたちまち涙が溢れる。堪えようもなく、肩を大きく震わせ泣きだした。

「どうして泣く?」

「…嬉…しい……嬉しいんです…っ」

こんなにも優しく抱きしめてくれるなんて、思わなかった。楓は自分の気持ちを正直に伝え、それで少しでも准爾を力づけられればいいと思っただけなのだ。

「…うぅ…っ」

涙はどんどん溢れ出て、思わず鶴を持っている手で涙を拭おうとすると、准爾がそれをやんわりと制する。

「せっかくの鶴が涙で駄目になるぞ。ちゃんとしまっておいてくれ。私のためにも…」

「准爾様のためにも…？」

「ああ。お陰で、忘れていた大切なものを思い出すことができた」

「…はい。わかりました」

これはもう楓だけの折り鶴ではない。十年前と同じ、二人分の希望を持っているのだ。

楓が鶴を入れたお守り袋を再びしまい顔を上げると、そのまま口づけが下りてきた。楓が零した涙の跡も丁寧に唇で拭うように。頬に、額に、鼻先に、優しい温もりを落としてくる。

うっとりとするまま楓は抱き上げられて、准爾の寝室へと運ばれていった。


大きな寝台で、二人は生まれたままの姿で抱き合う。楓は両手足をつき、後ろから腰を捕らわれて、准爾の高ぶりを受け入れた。

「はぅ…あああ…んっ」

後ろからは初めてだった。的確に感じる場所を突いてくる准爾の巧みな腰使いに、堪らず敷布に爪を立て嬌声《きょうせい》を漏らす。こんなに感じてしまうなんて恥ずかしいが、大好きな准爾との交わりは、普段は清楚《せいそ》な楓をどんどん淫らな気持ちへと変えていくのだ。

「あぁ…んっ、もう…私っ、はぁ…んっ」

「達きそうか?」

極みがもうすぐそこにまで迫り太股《ふともも》が細かく痙攣を起こし始めた楓を、准爾がさらに容赦ない攻めで追い立てる。

「あぅ…っ、やっ、やだぁ…っ」

粘膜から生まれる刺激が一気に全身へと駆けめぐる。しかし楓は懸命にそれを耐え、大きく首を横に振った。

「准爾…様…っ…だめ…ですっ!」

「駄目?　何がだ?　今にも達きそうに感じているじゃないか」

確かにそうなのだが、だからこそ楓は涙を零して訴える。

「でも…この格好じゃ……准爾様に…抱っこしてもらえ…ません…っ」

できることなら、抱きしめられて達きたい。蕩けそうな悦びを、准爾の腕の中で味わいたいのだ。

「あまり、かわいいことを言ってくれるな。どうしていいかわからなくなる」

するとと准爾が楓を軽々と抱き上げて、身を繋げたまま強引に反転させ、細い腰を引き下ろしてきた。

「ひゃ、あぁぁ…っ」

（こ…こんなに深く…っ）

向き合ったまま座らされれば、身体の重みで准爾の大きな高ぶりをすべて内部に銜《くわ》え込んでしまう。涙ぐむほど苦しいが、密着度は今までにないほどだ。

「はぅ…んんっ」

震えながら熱い吐息を漏らすと、准爾が愛しむように黒髪を大きな手で梳《す》いてくれる。

「これでいいか？」

「…はい」

泣きたいほどに、准爾が好きだ。眼差しも、この手の温もりも、身を繋ぐ痛みすらも、すべてが幸福感となって全身を支配する。腕の中で楓が小さく頷くと、上下の律動が始まった。しだいに激しくなる快感のうねりに溺《おぼ》れ、楓は最愛の人の名を呼ぶ。

「…准爾…様ぁ……っ」

准爾は、楓の吐息も奪うような深い口づけでそれに応えてくれた。水音をさせて舌と舌を絡

め合い、上と下で狂おしく交わりながら、楓は今夜、最高の刹那《せつな》を味わった。

間もなく梅雨に入ろうという頃、三久保財閥の社交場が完成した。今夜はそのお披露目の式典が催され、上流階級の五百組の男女が招待された大舞踏会があるのだ。楓の元にもその招待状が届いていた。それも准爾の相手としてだ。婚約を白紙にされているのに届いたのは、准爾が計らってくれたことに他ならない。

楓は白い肌によく似合う淡紅色のドレスを身に纏い、髪はリボンだけでなく整髪用アイロンも使って、西洋人形のような美しい縦巻きに仕上げてもらった。

ほんのりと薄化粧し準備万端に用意ができた楓は、同じく支度を調え大広間にやってきた准爾を、少女のような瞳を輝かせて迎える。

（准爾様…なんて素敵なんだろう…！）

背も高く、肩幅も脚の長さも外国人に負けない准爾の夜会用正式礼装、燕尾服姿の凜々しさは、普段の洋装に比べ格別だ。込み上げる恋心に胸が焦がれて苦しくなってくる。楓は頬を染めながらドレスを広げ、深々と西洋風に頭を下げた。

「私を連れて行ってくださるなんて、本当に嬉しいです。こんな素敵なお洋服まで用意してくださって、ありがとうございます」

今夜はきっと夢のような一夜になるに違いない。そんな期待とときめきで胸がいっぱいになり興奮気味の楓を、准爾がからかうように笑う。

「お前を連れて行くのは、一番暇そうだからだ」

一見冷ややかな台詞《せりふ》だが、わざと茶化しているということはすぐにわかった。楓を見つめる眼差しは、とても優しさに満ちているからだ。楓もわざと子供のようにむくれて口先を尖《とが》らせると、すぐに准爾は訂正してくる。

「と、言うのは冗談だ。その服も髪も、とてもよく似合っている。――さぁ、行こうか」

こちらに差し伸べてくれる手に、楓ははにかみながら頷き、そっと手を添えた。

「ありがとうございます」

(少しだけ、自惚《うぬぼ》れてもいいですか…?)

准爾は楓を連れて行く本当の理由を口にはしてくれなかったが、向かうのは三久保家主催の正式な舞踏会だ。たとえ四男であろうとも注目を受ける。そこに楓を連れて行ってくれるということは、准爾が楓をそれに見合うと認めてくれているということだ。

婚約も白紙にし、楓が男であることはもう百も承知だというのに――。もしそれだけ准爾の心に近づけたというなら、楓には何よりも嬉しい。

鶴を見せた日から、准爾は必要以外はあまり出掛けなくなり、必然的に楓と過ごす時間が多くなっている。外国の新聞を一緒に見ながら、海外の経済が日本に及ぼす影響、それによって予測できる株価の動きなど、楓のまったく知らない投資の仕組みや方法を丁寧に教えてくれたりした。

幸せすぎて怖いほど、楓は満たされた日々を送っていたのだ。

――今夜の夜会で、思わぬ疑いをかけられるまでは。

黒塗りの高級車が、二人を乗せて社交場に到着する。華やかだった鹿鳴館《ろくめいかん》の賑《にぎ》わいが再来したような、それは豪奢《ごうしゃ》な煉瓦造りの建物だ。

三久保財閥の威信をかけ、外観はもちろん内装もすべて時代の最先端のものを用いて、大食堂や図書室、談話室では撞球も楽しめるようになっている。

特に素晴らしいのは、ダンス・ホールと呼ばれる広々とした舞踏専用の大広間だ。天井に下げられている水晶の装飾電灯は、夜空の星をすべて集めたような美しさで輝き、そこに上流階級の人々が集う。いくつも勲章を着けた軍服の将校や、宮家縁《ゆかり》の方々、そして政財界の重鎮やその関係者たちが、楽団の演奏に合わせて、男女で組んでワルツという舞曲を踊っていた。

楓も血筋では引けを取らないが、ずっと山間の離れで暮らしていた。准爾の洋館での暮らしには慣れたとはいえ、これだけ煌びやかな大勢の人々を目の当たりにすると、その迫力に気迫負けして、逃げ出したい心境に駆られてくる。

それに、周囲の視線が常に自分たちに向けられているのがわかる。それは三久保家の四男が受ける注目だけでない。長身で端整な顔立ちの准爾自身に圧倒的な人気があるのだ。

男女一組で招待されているので夫婦が多いが、それでも女性たちは准爾を視線で追う。そんな色男が連れている相手、楓も注目されないわけがなかった。

(怖い…なんだか睨んでくる人もいるし…)

准爾が挨拶を交わす人々から楓の麗しさは賛美されるが、貴婦人たちにこそこそと何か言われている様子もそこかしこにある。

腕を組んで歩いている楓の足取りが妙に重いことに気がついて、准爾が声をかけてきた。

「どうした? 元気がないな。せっかくホールに来たのだし、ワルツでも一曲どうだ」

「こ…こんなに注目されるの…生まれて初めてで、緊張して…自信がありません」

幼い頃からしっかりと身につけた日舞ならともかく、楓にとってワルツは、この夜会へ参加が決まってから急遽《きゅうきょ》覚えた付け焼き刃だ。まして全身が硬直していて、まともに動くどころではない。

「安心しろ。見たところそんなに上級者はいない。演奏に合わせて簡単なステップが踏めるだけで上等だ」

本場欧州の社交界を体験してきている准爾にしてみれば、日本の程度などたかが知れているのかもしれない。楓は強引に手を取られ、中央に引っ張り出されてしまった。当然、一斉に注目を浴びる。それはもう突き刺さるように痛いほど。

「…准爾様…本当に無理です…っ。ご迷惑をかけてしまいます…っ」

失敗して自分だけが笑われるならいい。だが、一緒に踊れば准爾も笑われることになる。楓は泣きそうな声で訴えるが、准爾は離すどころかしっかり楓の手を取り、腰に添えて組んだ。そして真っ直ぐに楓を見つめてくる。

「私がお前と踊りたいんだ。だから、私だけを見ていればいい」

「准爾様…」

愛する人の言葉と眼差しは、一瞬にして楓の心を蕩けさせる。身を震わせていた緊張も、大好きな人とこうして踊れる喜びにたちまち変えられて、甘いときめきで胸が満ちると、周囲のことなどもう何も考えられなくなってしまった。

優しい音色に合わせて、二人はゆっくりと踊り始めた。楽団の奏でる美しい楽器の音色に耳を傾けつつ、准爾に身を任せて踊るのは、まさに夢心地だ。

そのまま何曲か踊り終わる頃には、少し自信がついたのか楓の緊張も解けていた。だが、やはり初めてのことで少し疲れてため息をつくと、准爾がそれに気がついてくれる。

「少し休むか？　何か飲み物も運ばせよう」

准爾に連れられて窓辺で少し休む。火照《ほて》った身体を夜風で冷やし、給仕から受け取った檸檬《れもん》水で喉《のど》を潤していると、そこに美しく着飾った熟年の貴婦人がやってきて、准爾に声をかけた。

「准爾さん、お久しぶりね」

「これは古手川《こてがわ》子爵夫人。子爵はどちらに？」

「主人は煙草《たばこ》を吸いにテラスへ出て行ったところよ。ワルツは苦手で、すぐに逃げてしまうんだから」

「そうですか」

子爵夫人は楓にも微笑んでくる。

「とても素敵なお嬢様をお連れですのね。ぜひ、ご紹介くださいな」

「京都の宝院伯爵家のご令嬢です」

「はじめまして。宝院楓です」

楓は深々と頭を下げると、子爵夫人は持っていた扇を口元に当て、准爾にそっと囁《ささや》いた。

「ご婚約が近いという噂は、本当ですのね？」

「彼女は父の知り合いの縁で、私の元でしばらくお預かりすることになっただけです」

准爾からの紹介は事実とまったく違うことだったが、楓との婚約は白紙になってしまったのだから仕方がない。

「そうですの。そういえば、宝院伯爵家はご当主様がお亡くなりになって、お世継ぎがなく絶家したと聞きましたわ。楓さん、さぞお悲しみになったのでしょうね」

子爵夫人の同情に満ちた眼差しに、楓は微笑み返した。

「お気遣い、ありがとうございます。父の亡き後は、母とともに伯父《おじ》の大平家へ身を寄せておりました」

「まぁ、大平家？　京都の大平家なら主人の得意先ですわ。ちょうど先日お噂を聞いたばかり」

「噂というのは？」

「私から聞いたということは、主人には内緒にしておいてくださいませ」

得意先のことをあまり喋《しゃべ》るなと口止めされているのか、准爾の問いに子爵夫人は囁くように答える。

「このところ、株でかなり資産を増やされているそうですの。とてもよいお話を聞いて、内部者取引をされたと。羨《うらや》ましいですわ」

内部者取引とは、日本の政財界では当たり前のように行われている、一般にはまだ未公開の情報を利用して行う証券取引のことだ。

「でも、大平家の方々はこれまで株には疎いとおっしゃって、あまり手を出されていなかったのに。どういった情報を得られたのかしら？」

「——……っ！」

その瞬間、准爾の顔色が明らかに変わった。


無言の准爾に楓は強引に手を引かれ、館に連れ帰られた。

「准爾様っ、いったいどうなさったのですか？」

楓がそう何度も訊いているのに、准爾は一言も口をきいてくれない。不安だけが募る。

館に戻った准爾が真っ先に向かったのは、楓が使っている客間だ。部屋へ入ると机の引き出しを開け、何かを捜している。荒々しいその様子は、尋常のものではない。楓はわけがわからないまま見守るしかできなかった。

やがて准爾は一冊の筆記帳を見つけると、中を確認し始める。やがて目当てのものを見つけたのか、ようやくこちらに振り向いた。だが、准爾の瞳はかつてないほど怒りを湛《たた》え、肩を震わせている。

「お前、確か大平家に手紙を出していたな？」

「…はい…出しました」

恐る恐る頷くと、准爾の眼光はさらに鋭くなる。

「大平家に、私が教えた、内部者取引の方法を知らせたのか？」

「え…っ」

まったく身に覚えのないことだ。楓は驚きながら首を横に振る。

「そんなことはしていません。確かに手紙は書きましたが、それはただ近況を報告しているだけで…そんな株のことなんて一度も」

「だったら、この筆記帳は何だ？　何でここに内部者取引のことを含め、私から聞いたことがいろいろまとめてある？」

「それは、准爾様からお教えいただいたことを、少しでも覚えようと思って」

楓は習い事は必ず復習してきた。まして大好きな准爾から教えてもらったことだ。忘れないように丁寧に書き記しておいたのだ。

だが、楓の想いは准爾の心には届かない。すべての行為が仇となり、まるで動かぬ証拠のようになってしまっている。准爾は筆記帳を床に叩きつけ、こちらから顔を背けた。

「誰がいくら株で儲けようと、べつにどうでもいい……ただ私は、お前は何の計算もなく私の側にいてくれているとばかり……っ」

楓の一途な想いが、准爾の心の傷を癒やしてきていたのだ。一つ一つ信頼を重ねて、互いにそれに幸せを感じ始めていたところだったのかもしれない。それなのに――その信頼を失うようなことが起こってしまった。

肩を戦慄かせ嘆く准爾に、楓は涙を溢れさせた。楓が自分を利用したという悲しみに、准爾はこれ以上ないほど激しく傷ついている。もちろんそれは濡れ衣だ。楓は不実なことは一つもしていない。この誤解を解くにはどうしたらいいかわからず、ただただ涙を零して懸命に訴える。

「私は本当に…そんなことはしていません。大平家のことは、何か偶然なのではないでしょうか？」

「これだけのことがあって、まだ偶然だと言い張るのかっ？」

「信じてくださいっ、お願いしますっ！」

そうとしか言いようがなくて、楓は准爾に縋りついた。だが、准爾はもう何も信じられなくなってしまったようだ。楓を冷ややかに見下してくる。

「こうやって健気に縋ってみせるのも、色仕掛けの一つか？　何が『お嫁様』だ。結局、お前は大平家に利益をもたらす情報を得るために、私の元へ遣わされてきたんだな」

「違いますっ、私は本当に准爾様のお嫁様になりたくて、この館に来たんですっ」

「馬鹿の一つ覚えだ。そう言えばいいと思っているのか？　それとも今夜も抱いてほしいという誘いか？」

痛いほど強く肩を摑まれ、楓はそのまま力任せに床に引き倒された。

「嫌っ、嫌ですっ！　やめてくださいっ！」

「うるさいっ、おとなしくしていろっ」

ドレスの下から強引に下着を脱がされ、下半身に手がかかる。楓は激しく抵抗しながら泣き叫んだ。

「いやぁぁぁ――――っ！」

いくら愛している相手でも、乱暴に身体を奪われそうになれば本能的な恐怖が湧く。何よりこんな強姦のようなことをさせるくらい、深く深く准爾の心を傷つけてしまった誤解へのやるせない想いに、楓は両手で顔を覆い大きな声を上げて泣きだした。

激しく悲痛なそれに、准爾が苦しげに顔を顰める。

「……っ」

そして何を思ったのか、准爾は楓から手を離し立ち上がった。

「もういいっ、消えろ…私の前から今すぐに」

最後の情けだろうか。このまま暴力で楓を奪い、怒りをぶつけてくることもできるのに、准爾はそれをやめてくれたのだ。

「くそ…っ！」

しかし、苦しんでいる様子は何も変わらない。八つ当たりをするように椅子が蹴り倒される。

楓はしゃくり上げながら身体を起こした。

「……どうしたら、信じていただけるのでしょう？　私は…准爾様の信頼を裏切るようなことをした覚えは…本当にありません。だから…ここから追い出すことだけは勘弁してください。どうか…お願いします」

楓は正座で手を揃え、涙のまま深々と頭を下げる。楓にできることといったら、もうこうして許しを乞うことだけだ。そんな楓を准爾は無視するかのように黙って背を向け佇《たたず》んでいたが、やがて一言返事があった。

「……わかった」

一瞬、誤解が解けて許しを得たのかと楓は顔を上げたが、そうではなかった。准爾はかつてない冷ややかな声で、信じがたい言葉を続けた。

「下男、いや、メイドとしてなら置いてやる」

「メイド…ですか?」

楓の大きな目が、驚きに見開かれた。

「ああ。下働きの一メイドになるなら、ここにいろ。——嫌なら、お前が自分の足で出て行け」

准爾にとって、楓を命令で追い出すのは簡単なことだ。つまり、楓に自らの意思で出て行かせようということなのだ。

楓は准爾の『お嫁様』になることが夢だと、何度も告げている。それを本人に諦めさせ、自分と同等の苦しみを味わわせようと思ったのかもしれない。だが同時に、それだけでないようにも思える。

准爾が楓にここに残る余地を与えてくれるのは、まだどこかで楓を信じたいと思ってくれているからかもしれない。強姦をやめてくれたのもそうだ。もし、准爾の中にわずかにでも楓への情が残っているのだとしたら、その微かな希望にすべてをかけたい——。

（私は自分からは諦めない…絶対にっ）

楓は頬の涙をそのままに背筋を正した。准爾を見上げ、はっきりと告げる。

「メイドでも結構です。この館に置いていただくために准爾様がメイドになれとおっしゃるのでしたら、私はメイドになります」

「口で言うのは簡単だな」

「私は本気です」

楓は涙を手の甲で拭いて立ち上がり、手箪笥の上の裁縫箱から洋鋏《ようばさみ》を取り出した。それを手にした楓は、自ら艶やかな黒髪を切り始める。さすがに驚いたのか、准爾も息を呑む。

「楓…っ！」

「こんな長い髪では、働くのには邪魔でしょうから」

（准爾様のお側にいられるなら、私はどんなことでもする――）

楓の意思は、最初から決まっているのだ。

美しい縦巻きに整えてもらっていた黒髪が、無惨に足元に落ちていくと、それから目を逸らすように、准爾は部屋を出て行ってしまった。


准爾に命じられたのか、すぐに部屋に丹波がやってきた。自ら切った見るに堪えない不揃いの髪を、丹波が切り直して整えてくれる。

「あなたは大馬鹿者です。おとなしく故郷へ帰ればいいものを。女の命である髪までこんなふうに切って。…あ…いえ、女ではありませんでしたね」

楓の髪に鋏を入れながら、丹波は気まずそうに咳《せき》払いをした。さすがの丹波も多少同情的な気持ちが湧き起こっているらしい。

「そもそもメイドになるということが、どういうことかわかっているのですか？　下々と同じ雑務をしようなど、名家の血筋が泣きます。嘆かわしい」

血筋だけで言えば、三久保家よりも宝院家の方が上なくらいなのだ。丹波なりに楓を痛々しく思い、ここで下働きとして辛い思いをするよりも故郷に帰った方がいいと、きつい言葉で勧めてくれているのだ。

「准爾様にお仕えできるのでしたら、私はどんなことにも従います。それに、この館のメイド服、実はとてもかわいいと思っていたんですよ」

楓がそう微笑んでみせると、丹波は大きく息をついた。

「覚悟があるなら、結構。とにかく、決まった以上は手加減はいたしません。新人メイドとして、きっちり働いていただきます」

「はい。がんばります」

「言っておきますが、一メイドが准爾様に気安く声をかけたりできるとは、決して思わないように」

「…承知しております」

それでも、准爾の館にいられるのなら。遠目でも姿を見ることができるなら。今はそれをせめてもの幸せと思うしかない。

切り終わった髪は肩にも届かない短さになってしまったが、楓に後悔はない。どんなに辛くても、いつか誤解が解け、また准爾に認めてもらえる日が来るかもしれないと、希望は捨てない。楓は鶴の入ったお守り袋を手にして、新たな生活への覚悟を強めた。


館の庭の紫陽花《あじさい》が、鉛色の空から降り始めた雨に濡れる。客人としての優雅な生活から一転、メイドとなった楓の生活は、梅雨入りと同時に始まった。

楓に与えられた寝床は、納戸の中だ。住み込みのメイドには女子寮が敷地内にあるのだが、男の楓がそこで寝起きはできない。かといって男子寮に入れるわけにもいかず、女子寮の納戸を片づけて、そこで寝泊まりすることになった。

仕事は朝は日の出前に起き、正門の掃除と館の窓を開けることから始まる。二百以上ある窓の雨よけの重い鎧戸《よろいど》の開け閉めは、本来なら下男の仕事なのだが、楓も一応は男。どれだけ重労働でも情けはかけられなかった。重みに耐えきれず細い指を挟んで血豆を作ったのも、一度や二度ではない。

掃除や洗濯の雑務も、他のメイドたちと一緒にする。小さな手は日増しに荒れて傷だらけになっていったが、それでも楓は辛い素振り一つ見せず、お守り袋の鶴を時折見つめては、与えられた仕事に一生懸命に励んでいた。

今日は一日中冷たい小雨が降り続いていた。夕方、ひどい梅雨寒《つゆざむ》に身を震わせながら楓が使用人通用口の掃き掃除をしていると、ふと館の中から呼び声がした。

「今夜は冷える、誰か急いで撞球室の暖炉に火を入れてきてくれないか」

執事の牧村の声だ。掃除もちょうど終わるところだった楓は、喜び勇んで名乗り出た。

「はい。私が行きます！」

（直接、准爾様のお役に立てる！）

新人メイドの楓は、直接准爾の世話ができるような立場にはない。メイドになって以来、准爾の姿を見るどころか、彼が過ごす場所へ行くことすらほとんどなかったのだ。

地下通路を通って、さっそく撞球室へと向かう。つい半月前まではここで撞球を楽しむ准爾の姿を見つめていられたのに、今の楓は准爾がここに来る前に、撞球室を暖めて去らなくてはならない。

（准爾様…本当に格好よかったな…）

あのときのときめきを思い出すとさすがに胸が痛むが、それを今さら嘆いても仕方がない。

楓は手際よく薪《まき》に火を点《つ》け、撞球室を去ろうとしたのだが、そこに聞き覚えのある声が響いた。

「本当にメイドになってまで、まったく呆れる姿だな」

撞球室にやってきたのは、准爾だ。

（准爾様…っ！）

つれない言葉を浴びせ、冷ややかにこちらを笑っているが、それでもこうして顔を合わせることができ、楓は込み上げた嬉しさに身を震わせる。

できることならこのまま側にいたいが、それは許されない。一メイドとしての立ち位置は理解しているし、気安く口をきいてはいけないと、そう丹波にも釘を刺されているのだ。

楓が丁寧に准爾へ頭を下げて、すみやかに退室しようとしたのだが、准爾に行く手を阻《はば》まれた。

「まだ諦めずに居座るつもりか？」

不敵に見下ろしてくる視線は、以前より荒《すさ》んでしまっていることが一目でわかる。怒りは少しも収まっていないどころか、さらに募らせているかのようだ。

「黙っていないで、答えろ」

「何度も申し上げている通りです」

楓は胸元に手を当てて答える。メイド服の下、お守り袋の中の鶴は楓の揺るがない決意、希望の象徴だ。その仕草に准爾も気がついたのか、目が冷ややかに細められた。

「お前、あの鶴を今も持っているのか？」

「はい。もちろんです」

「見せてみろ」

（准爾様…？）

突然の命令に、楓は何か言いしれない不安を感じたが、准爾の命令は絶対。楓はお守り袋から鶴を取り出した。

「こんなものがあるから、お前はいつまでもいらない希望を持ち続けてしまうんだ」

するとすぐ准爾がそれを奪い、暖炉の方へ歩いていく。

「准爾様っ、やめてくださいっ！」

まさかの行動に慌てて楓が駆け寄ったときには、鶴は暖炉の炎の中へと放り込まれてしまった。

「────っ！」

その瞬間、躊躇うことなく楓は暖炉へ頭から飛び込んで鶴を取り出そうとする。

「楓っ！」

あわやのところで准爾が楓を押さえ、怒鳴りつけてきた。

「何をするんだっ、死ぬ気かこの馬鹿っ！」

まさか楓がこんな行動に出るとは考えが及ばなかったようだ。

「だって…だって鶴が……っ！」

楓は何とか准爾の腕から抜け出そうと身を捩り、必死に暖炉へ手を伸ばす。だが火に包まれた鶴はすぐに燃え尽きてしまった。

「……鶴がっ！　…あぁ……うぅ…っ」

泣き崩れた楓を床に残し、准爾は立ち上がり肩を戦慄かせる。

「頭から暖炉に突っ込もうとするやつがあるかっ。死ななくたって、大火傷で二度と人前に出られない姿になるところだぞっ！」

だが、そんなことは楓もわかっていた。大粒の涙を零し、しゃくり上げながら答える。

「だって…あれは准爾様の『希望』の鶴でもあるから…」

「私のだと？」

「……昔のお気持ちを思い出すとおっしゃったじゃないですか…っ」

「楓…」

「死んでもいい、人前に出られない姿になって、お嫁様になれなくてもいい……大好きな准爾様の『希望』が失われてしまうくらいなら、その方がずっといい…っ！」

楓が命を落としてもかまわないくらい取り戻したかったのは、准爾の『希望』だ。これだけは決して失ってはいけない、残された最後のひとかけらの希望のように思えていた。

「でも……私がお怒りに触れたせいで…准爾様に大切な鶴を燃やさせてしまった……っ」

楓が悲痛な声を上げ、大きく身を震わせ、こんなにも涙を流すのは、自分のためではない。准爾の心に涙しているのだ。

その一途でいたいけな想いが、准爾を何より打ちのめしたのか、准爾が力を失ったように両膝を床についた。

「……楓。お前は何一つ悪くない。すべて私が愚かなだけだ」

「准爾…様？」

「すまなかった――――」

深い懺悔《ざんげ》の言葉に、楓は驚き這うように准爾の元へ行き、新たな涙を零して問い返す。

「……お許しを、いただけるのですか？」

「許してもらわなくてはならないのは、私の方だ」

そのまま准爾の胸に抱きしめられる。詫びてくる准爾の気持ちが一心にこもった、痛いほどの強い抱擁だった。

「なぜ私は、お前を信じてやることができなかったのか……お前はこんなにも私のことを想ってくれているというのに…」

「…いいんです。お許しをいただけたのなら、私はそれで」

楓も准爾に縋りついた。この温もりが、どれだけ恋しかったか。准爾がこうしてまた自分を抱きしめてくれる。それだけで楓はすべてが報われた気持ちになれた。

「こんな髪まで切らせるほど、ひどいことをしてしまったのにか…?」

楓の黒髪を准爾が震える指先で撫でる。楓は涙を湛えた瞳で微笑んで見せた。

「髪はまた伸びます、いくらでも」

「お前は、私を責めていいんだぞ?」

准爾は楓の頬についた涙の跡を優しく指先で拭うと、准爾の腕の中で、楓はその掌に甘えるように自ら頬を寄せて答える。

「その必要はありません。だって私は、准爾様にはいつも微笑んでいてもらいたいんです。だからもう、ご自分を責めないでください」

「……お前というやつは…」

「変ですか?」

これまで何度も変と呆れられてきたが、今夜は違う。

「私は、そんなお前がとても愛しい」

「……准爾…様…っ」

今までにない言葉に、楓は溢れる涙と感情のまま口づけられる。

「…んっ……ふ…」

「本当は、ずっと後悔していた。もっと早く許しを乞いたかった。……なのに、私はいつも裏腹な態度に出てしまう」

三久保家のために費やした十年間の日々。人生のすべてと言えたそれを無下にされ、准爾は自棄になった。その心の傷を癒やしたのが楓だ。その楓にも裏切られたと思ってしまったからこそ、准爾はより深く傷つき、楓に辛くあたった。自ら希望を捨てるように、メイドになるようにまで強いて。

「鶴のことも、本当に何と詫びたらいいか…言葉が見つからない」

激しく自分を悔いながら、何度も何度も唇を重ねてくる准爾に、楓も自ら腕を回して高ぶる気持ちのまま縋りついた。

「大丈夫です。私はいつだって、准爾様を信じていますし――――今はもう、准爾様こそが私の『希望』ですから」

「楓……っ」

二人にはもう、寝室へ場所を移すという余裕はなかった。横たえられても、床の固さや冷たさすらまったく気にならない。

准爾の手が楓の白い前掛けを外し、唇が首筋へと下りていった。ゆっくりとメイド服の釦《ボタン》を一つずつ外して、楓の白い肌が露にされていく。准爾の掌が大胆に楓の胸をまさぐり、はだけた服から覗く小さな突起に触れた。

「は…んっ」

指の腹で転がされ摘まれると、甘い痺れが波紋のように全身へと伝わっていく。久しぶりの行為のせいか、声も欲望も抑えることができない。

「あぁ…んっ、…あ、あぁ…んっ」

スカートの中へ伸びてきた准爾の片手が、下着を剝《は》いでいく。准爾も襯衣の襟元を緩めて、より本格的な行為に移っていった。

スカートをまくり上げられ、脚を大胆に広げられる。局部を曝す自分の姿に羞恥心が込み上げるが、それ以上に愛してもらいたい気持ちが抑えられない。一秒でも早く、准爾が欲しい。

「准爾様ぁ…早く…」

かつてない淫らな気持ちのままにねだる楓に、准爾が「わかっている」と頷いて、楓のまだ固い蕾を解していく。

「…あっ……はぁ…んっ」

やがて楓の内壁が熟《う》れたように淫靡《いんび》な水音を立てるようになると、そこから指を引き抜き、たっぷりと慣らしたそこに猛りがあてがわれた。

「…あっ、あぁ…っ」

待ちに待った大きな熱い塊がゆっくりと、でも確実に身体に侵入してくる。身を拓かれる痛みすら、今は貪欲に求めたい。欲望のまま、心から愛しい人とこうして再び一つになれる。何にも勝るその悦びが全身を支配する。楓は准爾の存在をさらに強く感じたいと、細く高い声で名を呼んだ。

「…准爾…様ぁ…っ」

「ああ…楓」

自然と零れた楓の涙を准爾が唇で拭い、しっかりと抱きしめてくれる。そしてすべてを楓の中に埋めると、楓の求めに応じるように大きく腰を打ちつけ始めた。

「あ…あぁっ、はっ…ん…っ」

准爾の荒々しい律動は、燃え上がるような愛情を感じさせてくれる。敏感な場所を狙って突き上げられると、たちまち強い快感が湧き起こり、全身が甘い波動に痺れた楓は、身を反らして熱い吐息を漏らした。

「あぁ…はっ、あぁ……んっ」

「気持ちいいか?」

訊かれるのは恥ずかしいが、准爾への溢れる想いにこうしてただ没頭していられるのが嬉しくて、楓は感じるまま素直に答える。

「…いい…っ、いいです……はぁ…んっ」

「もっと、もっと気持ちよくなってくれ」

准爾にすっぽりと抱きしめられて、その体温と匂いに包まれる。あとはもう思う存分互いに駆け上るだけだ。一気に根元まで男根を埋め込まれ、生まれた狂おしい快感のまま楓は反り返る。

「はぁ…んっ、あああぁ――――…はぅ…っ!」

「…くっ」

その楓を追うように、准爾も身を戦慄かせてともに果てた。大きく息をつく楓の呼吸すら奪うかのように、准爾がねっとりと口づけてくる。

「…ん…ふ…」

口内を貪り、それでも足りないのか頬に額に丹念な口づけを繰り返しながら囁いてきた。

「楓…お前が好きだ…こんなにも愛しい。何度言っても言い足りない」

外の雨など比べものにならない激しい口づけの雨だ。自分という存在を、こんなに求めてもらえる夜が来ようとは思わなかった。

「…私もです。准爾様が大好き…」

溢れる涙のまま楓も同じ気持ちで准爾の広い背に回した手に力を込めると、当然また新たな熱が生まれてくる。ようやく誤解が解け、気持ちを確認しての求め合いだ。そう簡単には終われるはずもなかった。


熱い交わりにようやく一段落がつき、撞球室には梅雨の静かな雨音が響いていた。

とてもすぐには動ける状態ではない楓が、幸福な疲労感に包まれながら長椅子で准爾に凭《もた》れ休んでいると、ふと准爾が楓の小さな手を取った。

「お前の手……こんなに痛々しくなって…」

メイドの仕事で傷だらけになった楓の手に気がついたようだ。でも、楓にとってはもう何てことはない傷。それよりもこうして己を責める准爾を見る方が遙かに辛い。だから明るく笑ってみせる。

「これくらい何でもないです。皆さんと働けて、いろいろ勉強にもなりましたし」

「本当に、お前は心優しく前向きだな」

准爾が楓の痛んだ小さな手に、そっと口づけてくる。

「私は、必ずこの手に報いる。お前に愛されるに相応しい男になると誓う」

「准爾様……」

「三久保家が私を必要としないなら、私はお前が言ってくれた通り、この日本に必要とされる男になる。政治家として、やがては日本の財務の頂点を目指すつもりだ」

それは将来の夢を失っていた准爾の新たな目標。いずれは大臣にまで上り詰めようという、大きな決意だった。

「もちろん、まだ雲を掴むような話だ。もっと本腰を入れて政治を学ばなくてはならないし、多くの困難があると思う――――だが、今度こそ私は『希望』は捨てない。何があっても。そう約束する」

准爾の瞳には、十年前と変わらない輝きが戻っていた。大きな志を胸に抱き、楓が最も好きな、凛々しく聡明な准爾本来の姿だ。

「素晴らしいです。さすが准爾様です」

感激して紅潮した楓の頬を撫で、准爾がさらに告げてきた。

「違う。お前がいるから、私はやっていけるんだ」

准爾は真っ直ぐに楓を見つめ、これまでのすべての想いに報いる言葉をくれる。

「――だから楓、私の『お嫁様』になってくれるか？」

「………っ」

たちまち溢れた涙で、准爾の顔が見えなくなる。唇が震えて声が出ない。まさか今、そんなことまで言ってもらえるとは思わなかったから。

「……は…い。……うう…ぅ…っ」

大粒の涙を零し楓は何度も、何度も頷く。本当にこの瞬間をどれほど望んできたか。

すぐに准爾がきつく抱きしめてくれた。楓はその腕の中で泣いて、泣いて――ようやく落ち着きを取り戻したときには、准爾の襯衣はかなり濡れてひどいありさまになっていた。

「…すみません」

鼻を啜《すす》りながら楓が恐縮するが、もちろん准爾はまったく気にすることなく笑い、上着に入っていた手帳を一枚破って楓に渡してきた。

「それより、これで私に鶴を折ってくれないか？」

「鶴をですか？」

「駄目か？」

「いえ、よろこんで」

十年前に楓が鶴をもらったように、今度は楓が准爾に鶴を渡すことができるなんて、なんて

光栄なことか。あるだけの想いを込めて鶴を折り上げると、今度は万年筆を手渡される。

「羽根には『楓』と書いてくれ」

「私の名を…ここにですか？」

その意味をくみ取り、乾いたはずの楓の瞳に再び涙が溢れ出すと、准爾が優しく口づけてくれる。

「ああ。私の希望になった名前だ――」

お嫁様の愛。

明治三十六年・東京。

七月下旬、梅雨明けしたばかりの青い空に眩《まぶ》しい朝日が輝く。

三久保《みくぼ》男爵家の四男、三久保准爾《じゅんじ》の屋敷の広い庭園では、早朝から長刀の素振りを行う若い女性たちの声が響いていた。

屋敷で働く若いメイドたちの中で希望者を集い、准爾の婚約者である宝院楓《ほういんかえで》が長刀の指導をしているのだ。

九月末の結婚式を控え、楓は忙しくも楽しい日々を過ごしている。

三久保家の使用人たちの間では楓が男であることは知れ渡っているが、忠義心に厚い者たちばかりで他言無用なのが暗黙の了解だ。

「そこ、もっときちんと姿勢を正して！　顔は正面真っ直ぐ前に！」

白い稽古着に袴《はかま》姿の楓が、人一倍大きな声で活を入れる。

楓は普段、准爾の『お嫁様』に相応《ふさわ》しいおしとやかな女性として懸命にふるまっているが、身体を動かすことは昔から大好きだった。

特に長刀の指導となると、本来の活発な性格が出てしまい口調もつい強くなる。でもそれは、彼女たちの一日でも早い上達を願ってのことだ。

長刀は武家の女性の嗜《たしな》みとして広まっていたが、いつの時代でもいざというときにしっかり自分の身を守れるに越したことはない。

非力な女性でも長刀の技術を応用すれば、箒《ほうき》でも傘でも、手元に棒が一本あるだけで男性を容易に打ち負かすこともできるのだ。

楓自身も、准爾に恨みを持った男が侵入してきたとき、愛する准爾をしっかりと守ることができたのは記憶に新しい。

楓は武家で育った母親から厳しい指導を受け、免許皆伝《かいでん》の腕前を持つ。京都では負け知らずだった。

東京に来てから試合らしい試合はしていなかったけれど、先日、腕試しに都内にある有名長刀道場をいくつか回った。

そして腕自慢の女性師範たちと十人ほど対戦してみたのだが、結果すべて楓の圧勝で終わっている。

楓はその腕前を絶賛され、東京の名だたる道場がしのぎを削る大きな交流試合に、個人での出場を薦められたほどだ。

しかし、楓は交流試合への参加を辞退した。

――自分はやはり男なのだと、そう思い知ったのだ。

女性と大差ないほど小柄といっても、十六歳という歳では腕力など根本的なものが女性を遥《はる》かに上回ってしまう。

仮に交流試合に出場しても、相手は結局すべて女性。

今の楓ではかなり大きく手加減しなくては、相手に怪我をさせてしまいかねない。それほどの実力の差を感じてしまったのだ。

そんな試合に出て勝ち抜き名誉を得ても、嬉しいどころか悲しくなるだけだ。

男としてなら、剣術は他にもある。しかし今の時代、女として生きる楓には、長刀の他に道はない。

こうして指導者として長刀を振るうことも、誰かのために役に立てるのでもちろん嬉しいが、楓は女として過ごす限り、もう自分が思う存分腕を振るえる場所を失ってしまったのだ。

成長という本来喜ばしい出来事が、楓にとっては利点にはならない。

悲しいことだが女として生きるのなら、現実として受け入れなくてはならなかった。

――しかし、楓が受け入れなくてはならない事実は、それだけでは済まなかったのだ。

その日の昼下がり、楓の私室で洋裁の免許を持つ侍女長の丹波《たんば》と数人のメイドたちが、楓が結婚式で着るウェディングドレスを調整するための採寸をしていた。

三久保家は生活をすべて西洋式で執り行っている。准爾と楓の結婚式も、西洋風の挙式で準備されていた。

本当なら外部の専門のお針子を呼ぶべきなのだろうが、楓の性別のこともあり、衣装の準備は三久保家のメイドたちでしっかり固めての仕度だ。

腕力が日増しに強くなり、楓に男としての多少の自覚が出てきても、いつも女性用のドレスに身を包んで生活していることもあり、式にはウェディングドレスを着ることになっていた。

男の自分に相応しいか疑問に思うようにもなったが、楓もかわいいものや綺麗《きれい》なものをいきなり嫌いにはなれない。

それに何より、楓が美しく着飾ることは他ならぬ准爾がいつも喜んでくれる。

ウェディングドレスも欧州のそれに劣らない最高級品が仕立てられる予定で、細かい寸法が必要だった。

本縫いの前に、成長期の楓の身体の寸法を再確認しなくてはならない。

焦げ茶色の婦人服に身を包む丹波が、几帳面そうな涼やかな顔で楓の寸法を手帳に記しながら言う。

「楓様、五月末にお計りしてから、身長が二センチ近くも伸びていらっしゃいますよ。胴囲も少し大きくなられて。お式まで二ヶ月、この成長ぶりからすると、ドレスは全体的にもう少しゆとりをみたほうがよろしいかもしれませんね」

そんなに大きくなっていた自覚はないが、丹波の『胴囲』という言葉に、楓ははっと気がつく。

(――――もしかしたら!)

そして頰《ほお》を桜色に染め、丹波にだけこそりと耳打ちをする。

「……もしかしたら、赤ちゃんができたのかもしれません」

女として育てられたせいで正しい性教育を受けてこなかった楓は、自分の胴囲の変化をそうとしか思えなかった。

准爾とは祝言《しゅうげん》は挙げていないが、この身体は何度も愛されている。

結婚したも同然の生活を送っているのだから、子供ができても不思議ではないと楓は何の疑いもなく思ったのだ。

だがもちろん、それはすぐさま丹波に否定された。

「楓様、それはご冗談にもなりませんよ」

呆《あき》れたように窘《たしな》められて、楓は思わず言い返す。

「冗談ではありません。そういえば最近すごく食欲があって、お肉とか准爾様と同じくらい食べてしまうときもあるほどなんです。お腹に赤ちゃんができると、そういうふうになるって、前にお母様から聞いたこともあります」

それだけのわずかな知識は、楓は亡き母親から学んでいた。

もし大好きな准爾の子供をこのお腹に宿しているとしたら、どれだけ幸せなことだろう。

自分の腹をさすりながら大きな瞳を輝かせる楓に、丹波はやれやれと深いため息をついた。

「男性である楓様に、子供ができるはずがありません」

「……え？　今…なんて？」

（まさか、私には赤ちゃんができないって……そう言った？）

聞き間違いだろうか。そうであってほしい。

さらりと告げられた事実に目を見開いて問い返す楓に、丹波はさらに驚いたようだ。

「楓様？　よもやご存じなかったのですか？　子供を宿す場所は、女性の身体にしかないのです。男性の楓様が妊娠することは、天と地が逆さになってもございません」

「そ、そんな……っ！」

楓の全身に震えが走る。

（男の私では、准爾様の赤ちゃんを産むことができない……っ！）

夫婦であれば子供ができる。

男である自分も、妻としてこの身体を隈無く愛されれば、いつか自然にお腹に子供ができるのだと楓は本当に本気で今日まで思っていたのだ。

「……っ」

知らされた事実に目の前が真っ暗になった楓は力を失い、へたへたとその場に座り込んでしまいそうになった。

准爾の子を産むことは『お嫁様』としての最大の務め――しかし、楓ではそれが果たせない。

男の自分には最初からその資格がなかったのだ。

初めて准爾と出逢ってから、十年余り。ずっとずっと偏《ひとえ》に准爾の『お嫁様』になることだけを願って生きてきた。

准爾のためならどんな辛い努力も厭《いと》わないというのに、この身体だけは女に代えようがないのだ。

「楓様っ！」

よろける楓を慌てて支えてくれた丹波に、楓は顔面蒼白《そうはく》となるまま唇を震わせもう一度問いかける。

「……そんなの……嘘《うそ》……ですよね？」

黒い瞳いっぱいに涙を湛《たた》え、最後の望みに縋《すが》るような眼差しを向ける楓の心境を、丹波も察しているのだろう。

しかし、侍女長として偽りを答えるわけにはいかない。

しっかりと首を横に振る。

「いいえ、誠に残念ながら嘘ではございません。ですが楓様……」

丹波の労《いたわ》りの呼びかけは、もう楓の耳には届かなかった。

かつてない大きな精神的打撃を受けた楓は、そのまま気を失ってしまったのだ。

果たしてどれくらい眠っていたのか。

「……楓……楓……」

大好きな優しい声が自分の名を呼んでいることに気がついて、楓はゆっくりと大きな黒い瞳を開く。

楓は自室の寝台にいて、洋式の長い寝衣に着替えさせられ寝かされていた。

准爾の凜々《りり》しく端整な顔がすぐ傍《そば》にある。

「いつも明るく元気なお前が倒れたというから、心配したぞ」

「准爾様……」

窓から差し込む西日に、今が夕刻なのがわかる。

政治家を目差し忙しい准爾は帰宅が深夜になることも多いのに、楓の知らせを聞いて急いで帰ってきてくれたらしい。

「すみません……大丈……大丈………っ」

大丈夫とそう言いかけて、その途端に楓の視界はみるみるうちに涙に潤んで、唇が戦慄《わなな》き続く言葉が声にならない。

たまらず布団を頭から被《かぶ》り堪《こら》えきれずに声を上げて泣いてしまった楓を、労るような優しい声が布団の外からかけられた。

「楓……泣かなくていい。丹波から話は聞いている。お前が気に病むことは何もない」

准爾は楓が倒れたあらましをすでに聞いたらしい。

いつもと変わらず優しい准爾の言葉が余計に楓の胸を締めつける。

(准爾様は慰《なぐさ》めてくれるけど……)

この現実はあまりにも辛いが、愛する准爾の未来を考えるなら、楓は自ら決断して伝えなくてはならない。

楓は身を起こし、涙を浮かべ潤んだ瞳を准爾に真っ直ぐに向けた。

「私は……准爾様と結婚できません。男では…子供が産めないのだそうです。……なので、私では准爾様の『お嫁様』にはなれません」

三久保は日本屈指の財閥であり、男爵の地位を持つ紛れもない名家だ。

准爾も当然、きちんと子供が産める正妻を迎えなくてはならない。それが一族の繁栄に繋《つな》がるからだ。

妻は子供が産めないというだけで、夫から離縁が言い渡されるのも当たり前の時代だった。

准爾の子供を産むこと。しかも跡取りの男子を。それが名家に嫁いだ女性の最大の務めといえた。

そんな古めかしい一方的な価値観を、楓は亡き母親によって幼い頃より徹底的に教育されてきたのだ。

楓自身も、それを自分の使命として夢いっぱいに生きてきたのだが……。

男の自分に正妻になる資格がないとわかった楓は、深い悲しみに細い肩を震わせる。しかし意を決して流れる大粒の涙を拭《ぬぐ》い、正座で寝台の上に座り直した。そして三つ指をつき、深々と頭を下げて頼んだ。

「――でも、私は准爾様のお傍を離れたくない。側女《そばめ》でかまいませんから……どうぞこのままお傍においてやってください……お願いします……お願いします」

新たに正妻を娶《めと》る准爾を見るのはとても辛いが、京都に戻され会えなくなる方がもっともっと辛いのだ。

するとその瞬間、いきなり乱暴とも思えるほどの力で楓は引き寄せられ、准爾の胸に強く抱きしめられた。

すっぽりと自分を包んだ優しい温もりに、楓も思わず准爾にしがみつく。

「准爾様…っ」

いつも以上の強い抱擁は、せつない立場をただ堪《た》えるしかない楓の気持ちを准爾が受けとめてくれたのだと思ったのだが――。

楓の耳元に聞こえてきたのは、予想外のものだった。

「……は…は、ははははは っ」

なんと、吹き出した准爾の笑い声だ。

「なぜお笑いになるのですかっ?」

本気で憂う楓に対してあまりにもひどい態度だ。

楓が涙目で訴えると、准爾は濡れた楓の頰をそっと指で拭いながら詫びてきた。

「いやいや、すまなかった。まさかお前がここまで無知だとは思わなかったから。あまりにもかわいらしくて、つい」

准爾は楓の頰に口づけ、そして決して楓を軽んじていないとわかる眼差しで真っ直ぐに楓を見つめる。

「子供のことなど最初から百も承知でなければ、私は男のお前を『お嫁様』になど選んだりしない」

「准爾様……」

「男に子供ができないのは世の常識だぞ。そんなこと、私にとってはとっくにわかっていることだ」

楓にとっては今日知ったことでも、准爾は当然違う。准爾にとっては今さら何を言い出すのか的な話題なのだ。

「それに私は三久保家の一員とはいえ、四男だ。必ずしも跡継ぎは必要ではない。本家にも望まれているわけでもないのだから、お前が気に病むことは何もない」

「でも…」

「それ以上、もう言うな」

罪悪感に苛《さいな》まれ震える楓の唇を、准爾が自らの唇で塞《ふさ》いで黙らせ、そして吐息の届く距離から楓を愛しむように熱く囁《ささや》いてくる。

「――私は生涯お前と二人でいられれば、それで満足だ。お前はそうではないのか？」

逸《そ》らすことなく楓だけを見つめる准爾の眼差しは、心からそう思ってくれていることが伝わってくる。

（准爾様……）

楓は溢《あふ》れ出す准爾への想いと涙のままに大きく頷《うなず》いた。

「私も……私も准爾様といられれば、他には何もいりませんっ」

楓が母親から教えられてきた理想の『お嫁様』とは違うかもしれないが、愛する准爾とともに生涯を過ごしたいという楓の願いに何の曇りもない。

跡継ぎ問題をとっくに受け入れてくれていた深い愛情の准爾に、よりいっそう彼を愛する気持ちが強まる。

高ぶる想いは准爾も同じだったのか、楓はそのまま寝台へそっと押し倒された。

首筋に丹念に這《は》う唇の感覚に楓は身を震わせる。

「……ん…っ」

高揚していく身体と心。幸せすぎて目眩《めまい》のようなものまで覚える。

准爾の手が楓の寝衣をたちまち脱がせると、楓の白い素肌に口づけを落としながら准爾もすべてを脱いでいく。

二人で生まれたままの姿になって、なだらかな胸への愛撫《あいぶ》が始まった。

准爾の長い指が楓の小さな突起を転がし、もう一つは唇で吸われたり、何度も軽く歯を立てて刺激される。

「あぁぁ、あぁ…んっ」

きつい刺激が胸部から広がって、楓は感電するように大きく震え身を仰《の》け反《ぞ》らせながら訴えた。

「……准爾…様っ。ま…待って…あああ…んっ」

「なんだ?」

「……いたい…ですっ」

そう言葉にしたが、本当は違う。どうしようもなく感じすぎてたまらないだけだ。

心臓に近いせいか、鼓動まで煽《あお》られ呼吸もままならなくなってしまうほど乳首は楓の敏感な場所なのだ。

だが、そんなことは吐息を漏らしつつ赤面して告げれば見透かされしまい、准爾は口端を上げる。

「痛いだけなのか？」

そして、わざと舌先で執拗《しつよう》に転がされた。

「はぁ…んっ、あ…ああ……んんっ」

楓が身体を震わせ悶《もだ》えると、容赦なくもう一方を指で摘み上げる。

強い快感は瞬く間に下半身へと響き、恥ずかしいがこのまま達《い》ってしまうんじゃないかと思うほど、楓は一気に追いつめられてしまった。

「あぁ…んんっ、もうっ、いじわるしないでください…っ」

日頃はとても優しい准爾だが、寝台の上ではわざとこんなふうに楓を弄《もてあそ》んでくる。

楓が涙目になると、准爾は宥《なだ》めるように楓の頬へ口づけてくれた。

「すまない。悪かった」

だが、本当の意味で反省してはいない。准爾は初心《うぶ》な楓の反応が好きで、こういったやりとりすら楽しんでいるのだ。

だから楓をさらに追い立てるべく、准爾はすぐに次の行動を起こす。

楓の両脚を大きく割り開いて、楓の勃《た》ち上がった中心を口に含んだのだ。

「あああぁ…ひゃ…んんっ」

楓の嬌声《きょうせい》が大きく上がると、それに気をよくしたのか、楓の高ぶりを舌で嬲《なぶ》るように下から上へと何度も舐《な》め上げていく。

「はぁああっん、……あぁぁ…んっ」

湧き起こる強い快感にたまらず楓の膝はガクガクと震える。

「気持ちいいか?」

「……あっ、あぁぁ……ふ…っ」

准爾の問いも耳に入らない。

嬲られるまま身を捩《よじ》らせ悶える楓をくすりと笑った准爾が、今にも弾けそうな楓自身を口に含んで吸い上げると、

「はっ、はぅっ、あああああぁぁ…っ!」

楓は我慢する間もないほど簡単に迸《ほとばし》りを漏らしてしまった。

准爾が喉《のど》を鳴らし、楓の放ったものを飲むいやらしい音が聞こえる。

「………准爾様ぁ…ごめんなさい……ぅぅ…っ」

（出しちゃった……っ、准爾様の口の中に）

快感というより申し訳なさで震える楓を、准爾は愛しげに抱き寄せてくれた。

「何を謝る。かわいいな、本当に楓は」

額と頬、鼻先へと順に口づけられて、優しい准爾の瞳と視線が重なると、じわんと心が熱くなる。

すると准爾との営みをすっかり覚えている身体の奥が、焦《じ》れているかのように痺《しび》れてくる。さらに淫《みだ》らな刺激を欲しているのだ。

楓が軽く身じろぐと、わかっているのか准爾がくすりと笑った。

「続けるぞ」

「…はい」

准爾の求めに楓は素直に頷く。

恥ずかしい気持ちはあるが、こうして身も心もすべて安心して捧げられるのも、相手が准爾だからだ。

准爾が好きだから、一つになりたい。深く身を繋げて交わりたい――それが何にも勝る悦《よろこ》びなのを知っているのだから。

准爾の掌《てのひら》が楓の双丘《そうきゅう》を割り、長い指が差し込まれた。

「あぅ…ふ…っ」

内部のどこがどう感じるかなどとっくに知り尽くされていて、准爾は的確に攻めてくる。大胆に内部を弄《いじ》る指の感覚に楓の唇は戦慄き、あられもない嬌声を漏らした。

「…あぁ…ん、……はあぁ…んっ」

やがて、楓の蕾《つぼみ》が准爾の指三本を受け入れたっぷりと解《ほぐ》されると、白い滑らかな脚を割り開かれていく楓は、准爾を正面から受け入れていく。

「……ひっ…あぁぁ…っ」

慣れてきたとはいえ、やはり受け入れる瞬間はかなりの痛みを伴う。准爾に縋りついて衝撃に耐える楓を、准爾が抱きしめ様子を窺《うかが》ってくる。

「辛いか…？　一度抜いて体位を変えるか？」

「…だ……大丈夫です」

楓は小さく首を横に振った。こうして向かい合って密着できる体位は、むしろ楓は好きだった。

准爾の体温と鼓動がよく感じられ、一つになれている悦びがいっそう深く味わえるから嬉しいのだ。

「——楓……楓……」

楓にすべてを埋め込むまで、准爾に何度も名前を呼ばれ、目が合うたびに口づけをくれる。

そんな愛する人からの労りの前に、己の痛みなど簡単に薄れてしまう。

ようやく楓にすべてを埋め込むと、准爾は律動を開始した。

最初はゆっくりと揺さぶられ、やがて高揚するまま激しく極みへと導かれていく。

「はぁぁ……んっ、ふ……あぁぁ…んっ」

快感が増すにつれて楓も無意識に自ら腰を動かし、解放へと一気に駆け上る。

「……もっ、もう…ああ…んっ」

身を大きく反らせての楓の訴えを合図に、准爾が抜けそうなほど男根を抜き、そして一気に楓の最奥まで突き挿《い》れる。

「ひ、ひゃあぁぁ…っっ」

衝撃によって生まれた快楽の電流が脳天にまで駆け抜け、思考が真っ白になるまま楓は絶頂に弾けた。

「あああぁぁ……んんんんっ！」

「…くっ」

そしてほぼ同時に、准爾の迸りが注ぎ込まれていく。

（あああ……准爾様の……すごく熱い……っ）

最も深い部分でそれを受け止めた楓が悦びに身を震わせ、そのまま准爾と強く強く抱きしめ合う。

互いに射精しながら、ただこうしてひたすら味わう幸福感。

身体を繋げることは、深い愛情を確かめ合うこと。

何度交わろうが男同士の二人では子供は決して得られないが、大好きな准爾にこんなにも愛されて、楓は他に望むものなど何もなかった。

自分は女ではない――ならば、男としてできることで准爾の役に立ちたい。

それが楓の新たな願い、目的になった。

楓が思い返すなかで一番准爾のために役に立ったと実感できたことは、やはり侵入者から准爾の身を守ったことだ。

准爾はやがては政治家になろうとしている。今の時代、政治家は命を狙われることもある危険な役職だ。

そんな准爾のために、もっともっと強くなって、いざというときにその身をしっかりとお護りしたいと思った。

長刀はもう極めてしまった楓だが、でも男としてなら木刀などまだ学べるものはある。

もっと本気で剣術に挑みたかった楓にとっては、むしろこれは好機だった。

本格的に木刀を学びたいと准爾に願い出ると、長刀では相手になる者がおらず寂しい思いをしていたことを知っていた准爾は、快く賛成してくれた。

そうして楓は男として剣術を学ぶため、三久保家・執事の牧村《まきむら》の親戚として『牧村楓太郎《ふうたろう》』と偽名を使い、木刀を携えて剣術道場に通い始める。

色白で小柄なせいでひどく中性的ではあるが、楓は髪も長くなく胸も平らだ。男性用の稽古着を身につければ、女性と思われることはなかった。

送り迎えの車もつけず、楓は午後になると一里半の道を毎日走って通い、さらなる体力強化と稽古に努めた。

免許皆伝の長刀ですでに基本ができていた楓は、違和感なく木刀での技を体得していく。

相手の攻撃を読み、一瞬の判断で勝敗が決まる剣術は、単なる腕力だけでなく、生まれ持った才能の差が大きい。

楓は天賦《てんぷ》の才である素早さ、ひらめき、予測のよさを持ち味とし、わずか一ヶ月の間にめきめきと腕を上げていった。

当然、道場では女扱いしてくる者はいない。他の門下生たち同様、汗まみれになって鍛錬している。

小柄な楓は乱暴にはじき飛ばされたり、青あざを作ることもある。しかしそれすら楓には新鮮で、負けまいと新たな意欲になった。


そして、そんな日々を送る八月下旬のこと。

夕刻前の蒸し暑い道場では今日の稽古が終わり、楓と一緒に二人の男が床掃除をしていた。

まだ新人の三人が、稽古後に担当するのが決まりなのだ。

山田一平《やまだいっぺい》と市川宗三郎《いちかわそうざぶろう》は先月末に入門した同期で、楓と歳も一緒。一番仲がよいのもこの二人だ。

「楓太郎はこんな細さで、よく大男の師範殿と対等に打ち合うことができるな。天才ぶりにはいつも感心する」

桶《おけ》で雑巾《ぞうきん》を絞る楓の腕を見ながら山田がつくづくため息をつくと、続いて市川も大きく頷いた。

「俺も本当にそう思う。剣士というのは、やはり見た目ではないのだな。俺も背は低いから、今後も稽古に精一杯励んで、早くお前のように大男にも負けない剣技を身につけるぞ」

この山田と市川どころかたちまち道場屈指の腕前になってしまった楓に、二人は純粋に尊敬の眼差しを向けてくれている。一人の男として認めてくれているのだ。

「天才だなんて、とんでもない。私は剣術の基礎を幼い頃から学んでいただけです。それに師範殿とは対等なんかではありませんよ。力ではまったく足元にも及びませんから、私は上手く打ち込みを受け流し、躱《かわ》すことだけでいつも必死です」

楓はこの道場に来て本当によかったと思っている。相手に一切気を遣わず、本気の打ち合いができるからだ。

緊迫する師範との一戦は、まさに血湧き肉躍る最高の時間だ。

腕の立つ先輩との試合も、相手が強ければ強いほど打ち負かすとその勝利に心が高揚する。

今までで一度も感じたことのない、大きな充実感を覚えるのだ。

准爾を護るために覚える剣術だが、闘争本能とでもいうのだろうか、楓のなかで男らしい自我が確かに目覚めていた。

「いやいや、謙遜《けんそん》するな。もうどう見てもほぼ互角の腕だろう。師範殿の真剣な眼差しを見ればわかる。本気で相手をしなくては、楓太郎からいつ電光石火の一撃を食らうかわからない。負けるかもしれないという焦りを感じるぞ」

「楓太郎は京都出身だというし、身の軽さといい、まさに明治の牛若丸《うしわかまる》だな」

気のよい山田と市川は、楓の実力を素直に認めてくれている。

しかしさすがに有名な武人のようにまで言われると、楓も気恥ずかしくなってしまう。

「大げさですよ。おだてても、掃除はきっちり三等分ですからね」

楓が広い道場の床を滑るように勢いよく雑巾掛けを始めると、山田と市川もそれに続く。

「それでは競争だ。これだけは楓太郎に遅れを取らんぞっ」

「俺だって、雑巾掛けの速さだけなら誰にも負けんっ」

同じ歳同士、こうしたささやかな意地の張り合いすら、楓には新鮮で楽しい。

京都で大平《おおひら》家の加護を受け母親と裏山の離れで暮らしていた頃は、他の子供と遊ぶこともなかった。

山田と市川は、楓にとって初めての友達なのだ。

もちろん三久保家に迎えられ准爾と過ごす時間は何にも勝る至福のときだし、婦人服姿でメイドたちとお喋《しゃべ》りするのも嫌なわけではない。

でも、こうして男として年相応に友人たち相手に何も飾ることなくいる自分の姿も、本当の

自分なのだと楓は思えるようになってきていた。

そして、わいわいと三人で仲よく競争しながら掃除を終える。

「さて、これでよし。いつものように水浴びして帰るか」

「そうだな」

雑巾や桶などを片づけると、山田と市川は稽古着を脱いでたちまち全裸になってしまう。

この道場の門下生たちは井戸で水浴びをし、汗を流して帰るのが恒例なのだ。

しかし楓はそれをせず、稽古着のまま井戸で顔を洗い、水を数口飲むだけ。

そして、いつものように彼らに別れを告げた。

「それでは、私はこれで失礼します。また明日」

裸の彼らから目を背けるように頭を下げると、楓は足早に道場を後にする。

真夏で身体がどれだけ汗ばもうとも、楓はここで一緒に水浴びはできないのだ。

やはり女として育った感覚は根強く、男たちに交じって全裸になるのはあまりにも恥ずかしすぎた。

いくら男としての自覚に芽生えてきても、さすがにそれだけはどうしても抵抗があるのだ。

午後四時を過ぎて日差しが傾いてきたとはいえ、まだきつい西日が照らす東京の街を、楓は屋敷に向かって走る。

この一ヶ月で脚力もだいぶついてきた。

脚が細いことには変わりはないが、しっかりと筋肉もついてきて引き締まり、しなやかな美しい脚になっている。

こうして肉体的にも少しずつ男らしくなってはいるが、やはり心は乙女な部分もまだまだ多い。

(准爾様がお帰りになるのは、いよいよ明日の夜)

楓が走りながら考えるのは、いつも愛する人のことだ。

准爾は支持している政治家について、一週間ほど京都へ出張中だった。

ようやく明日の夜に帰ってくる。指折り数えて楓は待ち続けてきたのだ。

准爾の志、使命を思えば仕方がないが、愛し合う二人にとって離れ離れの一週間は本当に長かった。

でも寂しい夜は今夜で終わりだ。楓の顔も自然にほころぶ。

浮き立つ気持ちに比例してどんどん走りも速くなり、飛び込むような勢いで三久保家正門を潜《くぐ》った。

三久保家の広い敷地は、正門を潜ってからもまだ屋敷が見えない。木々と石垣がしばらく続く。

この緩やかな上り坂を楓が黒塗りの自動車で初めて通ったのは、三ヶ月前のことだ。

あれからいろいろな出来事があったが、准爾と想いを交わし、来月には結婚式を迎えることができる。

楓は幸福感いっぱいに緩やかな坂を駆け上がっていった。

やがて視界が開け、表玄関前の広場に着く。すると向こうに見える屋敷の正面の車付けに、二人の人影が見えた。

執事の牧村と一緒に、すっと背の高い男がいる。こんなにも西洋式の装いが似合う男など、楓は他に知らない。

「――准爾様っ、お帰りになられていたのですか！」

「ああ、楓！　ただいま！」

准爾が両腕を大きく広げて迎えてくれる。

楓は嬉しくて全速力で走り寄りその胸に飛び込むと、たくましい胸で受けとめすっぽりと抱きしめてくれた。

「仕事が予定より早く片づいたので、汽車に飛び乗って戻ってきたんだ」

他人からすればただの一週間弱かもしれないが、楓にとっては本当に長く待ち遠しかった准爾の帰宅だ。

恋しかった温もりを欲するまま、楓も准爾に縋りつく。何だか泣きそうにすらなる。

「准爾様…っ」

楓が思わず顔を准爾の肩口にすり寄せると、愛しげに頭を撫《な》でてくれた。

「早く会いたくて道場まで迎えに行こうかと思ったが、もう帰ってくる時間だと聞いてここで待っていた」

（お部屋に入らず、こうしてわざわざ玄関先で待っていてくださるなんて！）

感激に頰を紅潮させ、楓が准爾の凜々しい顔を見上げると、

「喉が渇いたんじゃないか？　すぐに飲み物を用意させよう」

准爾は楓の腰に携えている木刀を執事の牧村に渡し、飲み物を指示した。

そして楓の手を引いて居間へと連れて行き、楓は准爾と二人で長椅子に睦まじく並んで腰掛ける。

すぐにサイダーと呼ばれる林檎《りんご》風味の炭酸飲料が運ばれてきた。氷も浮かんでいて、夏場に

は最高の贅沢《ぜいたく》だ。

楓はありがたくそれをいただき喉を潤すと、隣に腰掛ける准爾にあらためて告げた。

「こんなに早くお戻りになるなら、先にお電話で連絡を下されば、今日の稽古は休んで駅までお迎えにまいりましたのに」

早く会いたかったのは楓も同じだ。楓にとって一番大事なのは准爾なのだから、稽古よりも最優先だ。

(でも、せめて着替えの時間くらいは欲しかった……)

楓は飾り気もない稽古着のままだ。

一週間ぶりに会うのだから、こんな男らしい装いではなく、少しでも美しく着飾っていた方が准爾もきっとよかったに違いない。

そして、告げたいことはもう一つある。

「早く会いたいのは私も同じ気持ちですが、あまり無理をされては准爾様のお身体の方が心配です」

仕事を終え休む間もなく汽車に飛び乗ってきただろう准爾を思うと、身体を壊さないか気がかりでたまらない。

すると准爾が楓の艶やかな髪を優しく撫でながら言った。

「無理をしたわけではない。京都での私の務めは、英国金融政策委員会の役員を招いて行われた会議への参加と、その報告書の翻訳だ。積極的に談話もさせてもらったが、日本経済はまだ本当に遅れていて、英国の金融用語から日本語で該当する言葉を選び、わかりやすく説明するのに少し苦戦した程度だ。だがすべて滞りなく済ませてきたし、報告書の翻訳も予定より早く仕上げることができたんだ」

欧州や米国で経済学をしっかりと学んできた准爾だからこそ、できる役目だ。

飛び交う財務の専門用語をすべて完璧に理解していなければ、談話はもちろん、通訳として誰かに説明もできない。

報告書の翻訳も予定より早く終わったというのは、いかに准爾が優秀であるかを示す何よりの証拠だ。

（――准爾様はやっぱりすごい！）

楓はうっとりと准爾を見つめる。

三久保家は男爵という地位にあるが、嫡男《ちゃくなん》でない准爾は二十五歳でも貴族議員にはなれない。国会議員になるには、三十歳を待って多額納税者議員として立候補することになる。

だから今は紫方《しほう》大蔵大臣を始め、財務関係を得意とした議員について勉強中の身だ。

それでもこうして確実に日本経済界で、准爾の存在は少しずつだが確実に必要とされていっている。

やがては日本の財務の頂点に立つ男となるのも間違いないだろう。

そんな彼に少しでも相応しくあるため。いざというときにはこの身に代えてもお護りするため。自分も剣術をがんばろうと心に誓う楓に、ちょうど折りよく准爾が尋ねてきた。

「お前の剣術の稽古の方はどうだ？　楽しくやっているか？」

「はい。とっても！」

楓は大きな瞳を輝かせて准爾に頷く。

そして、師範との激戦や、初めてできた男の友人たちとの楽しい語らいを、准爾に話して聞かせる。

「山田くんと市川くんの話は本当に面白くて、休憩時間も私は笑ってばかりいます」

嬉々《きき》と話す楓の一方、最初は楽しそうに聞いてくれていた准爾の相づちが、なぜか次第に少なくなってきた。

怒っているわけではないようだが、どうも様子がおかしい。

「……私の話はつまらないでしょうか？」

楓が不安げに長い睫《まつげ》を揺らすと、准爾はすぐに優しい眼差しで詫びて、否定する。

「いや、すまない。そうじゃない。女としての生活を強いられてきたお前が、こうして生き生きとできる場があるのは、私にとってもとても喜ばしいことだ」

愛する楓の喜びは准爾にとっても喜びであるのは、もちろん本心だろう。

でも、愛するがゆえにそれだけではない、複雑な心境があるらしい。

「友達と楽しそうなのはいい。ただ……」

「ただ？　何でございますか？」

楓が無垢《むく》な瞳で真っ直ぐに見つめ返すと、准爾は苦く笑った。

「……何でもない」

少し妬《や》けるという言葉を誤魔化《ごまか》すように、准爾がいきなり楓を胸に引き寄せて口づけた。

強引なそれに驚いて大きな瞳を瞬く楓を、准爾が両手で抱き上げ颯爽《さっそう》と言い放つ。

「さて、寝室に行くか」

意味を察した楓は仰天し、准爾に慌てて訴える。

「このまま寝室って…准爾様っ？　私は稽古が終わったばかりですっ。全身がひどく汗で汚れておりますっ」

しかし准爾はまったくおかまいなしで、笑いながら声も高らかに言い返してきた。

「――――そんなこと、少しもかまうものか」

そしてそのまま楓は准爾の自室へと連れて行かれる。

寝台の上に下ろされれば普段なら決して逆らわないが、楓は今だけは同意できずに懸命に訴えた。

「お願いですから、一浴びするまでお待ちくださいっ」

しかし、楓の困った顔すら楽しそうに准爾は笑う。

「私も今から一緒に汗まみれになるから、問題ない」

「准爾…さ…ま……んんっ」

異議を唱える唇を唇で塞がれた。

いつもとても優しい准爾だが、性的な求めではこうして少し強引なところもあるのが玉に瑕《きず》だ。

「……ん…ふ……っ」

いたたまれない気持ちでいっぱいになり准爾の身体を押し返そうとするけれど、久しぶりに准爾から受ける口づけはどうしようもないほど心地よくて、楓の思考は瞬く間に蕩《とろ》けていってしまう。

楓の力が抜けていくのをいいことに、道着は簡単に脱がされて、生まれたままの姿にされてしまった。

「准爾様…っ」

楓が鳴きそうな声を上げるが、准爾は構わず首筋から胸へと巧みに舌を這わせていく。

「……あぁ…んっ」

胸の突起を何度も吸われ、そのたびに甘い声を上げる楓をくすりと笑った准爾が、今度は楓自身に触れる。

「…あああ…っ、あぁぁんっ」

一番敏感な場所であり、まして一週間も放置されていたそこは我慢する間もなく、

「はあああ……んんんんっ！」

楓はあまりにもあっさり准爾の手に白濁を放ってしまった。

「ははは、さすがに早いな」

准爾に精液のついた手を見せつけるようにして笑われて、楓は真っ赤になって自分の顔を両手で覆う。

「…うぅ……准爾様のいじわるっ」

からかっているだけで准爾に悪意はないのはわかっていても、ものすごく恥ずかしい。

まさか少し触れられただけで達ってしまうなんて。

いたたまれない楓を宥めるように、准爾が頬に優しく口づけてくれる。

「楓、おいで」

そして准爾は楓を抱き寄せ、体液で濡れた指を楓の尻の穴へと這わせていく。

「あっ、あぁぁ…っ」

楓は思わず身を捩るが、准爾はしっかりと楓を捕らえ、長い指を一本、まだ固い蕾《つぼみ》の中へ侵入させていく。

「……あぁぁ…ん…っ、…ふ……あぁ…ん」

自分では決して触れない内壁を直に擦《こす》られて、身体の中心が一気に熱くなる。

「は…ふぅ…っ」

内部を丹念に触られていくことで生み出される熱が、楓の身体と心をまた淫らに支配していく。

楓は寝具に両手足をついた姿勢をとらされ、准爾が後ろから腰をしっかり押さえながら嬲る指の数を増やしてきた。

「はぁぁ…あぁん、……あぁぁ…ふっ」

快感に仰け反る楓の反応を満足げに見下ろしながら、楓の蕾はたっぷりと解されていった。

そして、

「――いいか？」

准爾が自分の高ぶりを楓の尻に押しつけてくる。

振り返って見なくても、いかにそれが大きく猛々《たけだけ》しいかわかる。

正直少し怖い。でも楓の身体はそのまま逃げようとはしない。これから指以上の快楽がもたらされることをすでに知っているからだ。

「……はい」

楓が小さく頷くと、そこに熱い先端をあてがわれる。

ゆっくりゆっくりと侵入を開始した。

「ひ…あああっ……んっ」

痛みは当然あるが、身を繋ぐことでしか味わえないこの強烈な刺激は、すぐに何にも勝る快感へと変わっていく。

拓かれる入り口のひりひりとした痺れすら、蕩けそうなほどに気持ちいい。

「…あああぁ…ふ、あ……はあぁ…んっ」

楓も腰の力を抜いて大きな男根を根元まで受け入れる。

そして、ゆっくりと繰り返され始めた律動に慣れてくれば、欲望というものはどうしようもなくやっかいで、与えられる刺激だけでは我慢できなくなってくるのだ。

（あ……もうっ、あともう少し……っ）

だからこそ、より強い快感が欲しい。このまま一気に高みへと導かれたい。

楓が我知らぬうちに腰を揺らし准爾を誘い始めると、それに気がついた准爾が、くすりと笑って後ろから尋ねてくる。

「物足りないのか？」

「……っ」

理性が飛びかけつい夢中になってしまっていたが、楓はその一言で羞恥心《しゅうち》が呼び起こされた。

真っ赤になった楓を、准爾が後ろから覗き込んでくる。

「どうしてほしい？」

少し意地悪にそう微笑んでいる。

（……わ、わかってるくせにっ）

どうやら准爾はわざと楓を辱《はずかし》めているようだ。

いつもの准爾の悪い癖だ。こんな状態だからこそ、もう逆らうに逆らえない楓の反応を楽しんでいるのだ。

「楓？」

楓の言葉を促すように准爾は大きな男根を押し進めて、最も深い部分に直接訴えかけてくる。

「ああああん……んっ」

強い刺激が走り淫らな余韻となって広がると、楓の白い内股はわなわなと痙攣《けいれん》する。

「ほら、ちゃんと言ってごらん？」

嬲るように腰をゆっくり回されては、もうたまらない。

その刺激をもっと与えてほしいと、本能が訴えに支配された楓は熱の籠《こ》もった震える唇で答えた。

「……もっと…してください…っ」

「何を？」

「准爾様ので……私をいっぱい、突いて……っ」

恥ずかしくてたまらないのに、もう何もかもどうでもよくなってしまう。

望まれるまま淫らな言葉を吐いた楓に満足して、准爾の嬉しそうな声が届く。

「ああ、わかった。ご褒美にいっぱい感じさせてやる――――お前のすべては私のものなのだから」

「……はぁぁ…んっ」

（そんなの、当たり前なことです）

まさか准爾がわずかに妬いているとは、楓は知らない。それを准爾もわかっていて、そんな楓がまた愛しいのだ。

「さぁ、いくぞ」

准爾の両手が楓の胴を辿るように動き、腰をしっかりと固定する。そして、予想以上の激しさで後ろから貫き始めた。

揺さぶられるまま大きな男根で激しく貫かれ、楓はその悦びに大きな悲鳴を上げる。

「そ…そんなっ、そんなにっ……あああぁ…んっ」

乱暴なほどの勢いなのに、どうにかなってしまいそうなほど気持ちいい。

大胆に腰を打ちつけられるたび、その激しい交わりによって生まれる快感が、楓の腰から脚、そして背筋を通って全身を淫らに陶酔させていく。

「あはぁ…んっ、あぁぁ…ふ……」

「どうだっ、これでっ、いいかっ？」

いやらしく腰を動かす准爾の全身から流れる汗が、楓の身体に零《こぼ》れ落ちた。

前後の律動だけでなく、時折グッと突き上げるように腰を動かされると、もう本当にたまらない。

「あぁ…いっ…いいっ、……もっ、もう達く…っ、達っちゃうぅ…っ！」

楓は身を仰け反らせ、思わず赤裸々にそう叫んでしまうほどの絶頂感を得て、そのまま大波が一気に押し寄せた。

「ひゃ、あああああぁぁ…ん…っ！」

(き…気持ちいいぃ……なんて…あああぁぁ……っ)

快楽以外、もう何も考えられない。

迎えた解放に痺れるまま、楓は身体を細かく震わせ中心から白濁を漏らした。

そのまま寝台にぐったりと身を崩した楓を、すぐに准爾が引き寄せる。

「まだだ。まだ終わらないし、終われない」

仰向けに寝かされた楓は、真上から凶暴なほどの勢いで准爾自身を突き下ろされた。

「ひ…っ、あああぁっ！」

「――――くっ」

准爾の迸りが楓の体内へと注がれるが、そのまま准爾は律動をやめない。

「いっぱい感じさせてやると言っただろ？」

存分に大量の精液を楓の中に出しながらも、准爾は容赦なくその男根で楓を何度も貫き、それによって楓はさらなる絶頂へ駆け上がる。

「ひゃあああ…っ、あああんっ」

准爾の肩に担がれた楓の白い脚がいやらしく戦慄き、絶えない悦楽に楓のつま先まで反り返る。

（こんなっ……こんなにっ……また達っちゃうっ！）

達きながらまたさらに達かされるかのような、気も狂わんばかりに重なり続く快楽の大渦。

「あ…ひぃ…っ、あああ……ふ…ぃ…っ！」

もはや楓の眼差しは完全に蕩け、半開きの口からは赤い舌を覗かせながらひたすら悦《よ》がり鳴く。

そのまま何度も何度も、一度たりとも抜かれないままで――――出され、達かされて。

一週間離れ離れだった心と身体が満足するまで、楓は准爾から愛を注がれ、汗と体液に全身がまみれるのだった。

結局、楓が汚れた身体を洗えたのは、とことんまで愛し合った後になってしまった。

准爾の部屋の浴室で身体を清め、かわいらしい薄紅色の婦人服に着替えた楓は、鏡の前で大きくため息をついた。

（……何かが違う）

でもそれは、准爾に対してのことではない。

いきなり寝台に連れ込まれたのは強引だったけれど、愛情ゆえの行為だとわかっているし、楓も身も心も満たされたので文句を言うつもりは微塵《みじん》もなかった。

楓の憂いは、鏡に映る自分自身のことだ。

（やっぱり気のせいじゃない……）

どれだけ髪を櫛《くし》でとかしても、美しく着飾っても、最近はどこか違和感がある。肩に届かない短い髪では婦人服はあまり似合わない気がして、鏡の前でこんなにも浮かない顔になってしまうのだ。

唇に紅を差すことすら、少し引け目を感じてきてしまっている。

もちろん本気で嫌なわけではないし、女らしい姿の方が准爾が喜ぶと思っているから怠ることもないが、美しい婦人服や化粧に対して、前のように弾む気持ちを持てなくなっている。

憂いながらも、楓はその根本的理由はすでにわかっていた。

女としてお洒落に着飾るより、男として木刀を握る方が今は楽しいからだ。

そんな己の変化に、楓は自分でも戸惑っているのだ。

「お待たせいたしました」

准爾のために着飾った楓が少し沈んだ口調でそう言い、准爾の部屋の長椅子に静かに腰掛ける。

すると、准爾がすまなそうに苦笑いを浮かべ綺麗に包まれた小さな箱を手渡してきた。

「さっきは少し強引すぎたな。すまなかった。京都の土産を買ってきてあるから、これで機嫌を直してくれ」

元気のない楓の様子を誤解したようだ。

（准爾様のこと、怒っているわけじゃないのに）

申し訳ない気持ちになった楓は、憂いなどまったく感じさせないように明るく微笑んでみせる。

「お気になさらず。お土産いただきますね。ありがとうございます」

包みを解き老舗の着物問屋の名が記された木箱を開けると、一目で高価だとわかる帯締めと帯留めが入っている。

「わぁ、すごく綺麗です」

丸い帯留めには宝石で美しい蝶が描かれていて、目映《まば》ゆいほど輝いている。それはそれは見事な品だった。

忙しい時間を割いて、准爾がこんな美しい品を自分のために選んでくれたのかと思うと、本当にありがたい。

「嬉しいです。ありがとうございます」

花のような笑顔を向ける楓の隣に准爾は腰掛け、楓のまだ少し濡れている黒髪を愛しげに撫でてきた。

「気に入ってくれたなら、私も嬉しい。店主には入荷したばかりの簪《かんざし》を薦められたのだが、お前のこの髪では必要ないしな」

「……っ」

何気ないその言葉に、楓の心はちくりと小さな針が刺さったように痛んだ。

（……准爾様は、本当は簪が似合うような長い髪がお好きなんだろうな）

准爾が求める姿は、きっと美しい帯留めや簪がよく似合う大和撫子《やまとなでしこ》なのだろう。

しかし、今の楓は違う。

髪をまた伸ばせばいいと思うが、男として剣術を習っている以上、楓は長くすることはできなかった。

嬉々として剣術に磨きを掛けている自分は、いつか准爾の理想から外れ失望されてしまうのではないかと、漠然《ばくぜん》とした怖さが湧き起こるのだ。

「大事にさせていただきますね」

楓は微笑み、内心の憂う気持ちを封じるよう木箱を閉じる。

するとと准爾が楓の頭を愛しげに撫でてから、さらりと告げてきた。

「実は、まだとびきりの土産があるんだ」

そして、上着の懐から何かを取り出す。

「京都で調べさせた——かつて大平家でお前たち親子の世話をしていたという、二人の女中からの手紙だ」

「ほ、本当でございますかっ？」

突然の知らせに、楓の大きな黒い瞳が見開かれる。

幼い頃からずっと世話をしてくれた二人の使用人の女性たちは、楓が京都を発ってからすぐ大平家を辞め、罪悪感から身を隠してしまったと聞いていたが、それきりで連絡が取れないままだったのだ。

優しく頷いた准爾が、二通の封書を渡してくれる。

「ああ。二人の元へ私も直接行って会ってきた。決して咎《とが》めるつもりなどないと伝え、楓と母君によく仕えてくれたと、あらためて礼を言ってきた」

「准爾様……っ」

なんと気遣いのある計らいだ。

楓を妻に迎える准爾が直々に赴《おもむ》いたことで、彼女たちはどれだけ気持ちが救われただろう。

そもそも楓が女として育てられたのは、楓の母親に対する彼女たちの厚い忠義心からだ。悪意ではない。

当時、楓の母親は夫も財産も失い、心を壊してしまった。

残された唯一の希望がお腹に宿した我が子だけという惨状の中、生まれた子が男児なら遠方へ養子に出されることを決められてしまい、親子を護るためには生まれた楓を女児だと偽るしか術がなかったのだ。

「さっそく返事を書いてやるといい。きっと喜ぶ」

「はい……ありがとうございます……ありがとうございます……っ」

忙しい仕事の合間に、土産だけでなくこんな手紙までもらってきてくれた准爾の心遣いに、楓は受け取った手紙を胸に抱きしめ、感謝に声を震わせ大粒の涙を流した。


暦は九月を迎えた、ある日の午前五時。

東から夜が明けようとしているまだ薄暗い空の下、三久保准爾の屋敷の車付けには、運転手が一台の黒い自動車を待機させていた。

その傍《かたわ》らには准爾と楓の姿がある。

今日は早朝から准爾が、政財界の重鎮・紫方大蔵大臣のお共で小田原《おだわら》へ出かける。楓はその見送りのために車付けまで一緒に出てきたのだ。

「では、そろそろ行く。早めに行って駅で大臣を迎えなくてはならないから」

駅まで送る車に乗り込もうとする准爾の頬に、楓は背伸びをして口づけた。

「いってらっしゃいませ」

西洋式の挨拶だ。最初は気恥ずかしかったが、見送りには必ずすることにしているので今はすっかり慣れている。

准爾も楓の頬に口づけを返し、優しく微笑みながら頭を撫でてくれた。

「ああ。遅くなるかもしれないが、日帰りできるはずだから」

「はい。お待ちしております」

汽車は楓の知るどんな乗り物より速い。京都でも一日かからずに到着するし、小田原なら日帰りも可能だ。

泊まりがけにならないなら、寂しい思いはしなくていい。楓も何の憂いもなく微笑んで見送ることができる。

しかし、そこに早馬が慌ただしく屋敷へ駆け込んできた。

「――護衛の者たちと連絡が取れず、まだ駅に一人も到着しておりません！」

「なんだってっ！」

准爾は慌てて屋敷の中へ戻り、紫方大臣に電話で連絡を入れる。

立ち聞きはよくないと思ったが、楓も近くでその内容を耳にした。

政治家の移動には護衛がつくことになっている。活動内容によって暗殺される可能性も高まることは、楓もすでに知っていた。

紫方大臣は露西亜《ロシア》にも大きな伝手《つて》を持ち、朝鮮半島における親日派と親露派の対立の歯止め役になるのではないかという呼び声が高い人物らしい。

だからそれをよく思わない一部の過激な親露派に、目をつけられているという噂《うわさ》が流れてきていたのだ。

朝鮮半島でのもめ事による完全なとばっちりなのだが、噂がある以上は護衛は強化しておくにこしたことはないと、二人ほど剣客を護衛に手配してあったらしい。

電話を切った准爾が、大きくため息をついた。

「汽車は特別運行の専用列車だから、午前六時の時間は変更できない……とりあえず間に合う者を今から手配しないと」

手配といっても、電話がある家は三久保家のような資産家だけに限られている。

これから新たに早馬で頼みに行くことになるが、剣客なら誰でもいいというわけではなかった。

身の安全のためだからこそ、護衛は信頼のおける紹介者が必要なのだ。そう簡単に代理を頼める状況にない。

准爾は伝手を駆使して捜すが、返事が来るのにもそれなりの時間がかかる。

この屋敷からは楓の通う道場が一番近いが、間の悪いことに師範は交流試合で遠方に出掛けている最中だった。

「准爾様……」

心配げに見つめる楓に気がついて、准爾は宥めるように明るく微笑んできた。

「大丈夫だ。新たに手配した護衛たちが間に合うかもしれないし、私も短銃を携えていくことにした。それに御維新の頃とは違い、最近は護衛をつけても何も起こらないことの方が多いからな」

しかし、こんな急に護衛と連絡が取れなくなるなんて、楓は嫌な胸騒ぎがしてたまらなかった。

多少なりとも准爾も危険を感じているからこそ、短銃を所持して同行するのだ。楓に心配を掛けないようにわざと明るく気遣ってくれているのだろう。

楓の懸念は消えず、護衛の手配は不確定のまま、准爾は屋敷から出発しなくてはならなかった。

神戸《こうべ》まで続く東海道本線。その出発地となっている新橋《しんばし》駅だ。

最新式の煉瓦造りの大きな駅舎の乗降場で、紫方大臣の二人の秘書と准爾が護衛の到着を待っていた。

時刻は間もなく午前六時になる。発車を控えた五両編成の貸し切りの汽車がゆらゆらと蒸気を上げて待機していた。

「今日のことは仕方ない。我らだけで出発しよう」

立派な髭《ひげ》をはやした紫方大臣が客室から降りてきて、准爾たちにそう声をかける。

あまりにも急な呼び出しに対応できる護衛はやはりおらず、大臣を護るのは准爾と大臣の秘書二名だけだ。

誰も武術の心得はないが、それぞれ木刀を携え、准爾も短銃を携帯している。これで行くしか他になかった。

だがそこに――。

「護衛が一人まいりましたっ！」

駅員が大きな声で准爾たちに呼びかけ走ってくる。

しかし、一緒にやってきた護衛の姿に准爾の目が驚きに見開かれた。

なんと楓だったのだ。

「…っ！」

楓は執事の牧村に用意してもらった男性用の袴姿に着替え、木刀を携えて来た。

さすがに女性には見えないが、護衛としてはひどく華奢《きゃしゃ》で幼さを感じさせる。大臣たちも思わず顔を見合わせるほどだ。

「どうしてお前が来たんだっ？」

准爾に厳しい顔できつく窘められても、固い決意の楓は怯《ひる》まず凛《りん》とした顔で言い返した。

「護衛なら、私もお役に立てるのではないでしょうか？」

（――私が准爾様も大臣もお護りする！）

楓は友人たちに師範に劣らない腕だと言われた。普通の男たちよりは遙かに役に立てる自信があった。

だが、准爾は認めてくれない。

「お前では無理だ。いいから帰れ」

愛する者をわざわざ危険に曝そうとする者はいない。それに楓は准爾のためとなると見境がなくなるのだ。

以前も真剣を持つ男の前に飛び出したり、燃える暖炉にすら飛び込もうとしたことがある。そんな無茶な楓を准爾はよく知っているからだ。

しかし楓も引かなかった。

「嫌です」

「私の言うことがきけないというのか？」

「はい、今回だけは。護衛不足でお困りなことを承知しているのに、おめおめと帰れません」

「いいかげんにしろっ！」

互いの身を案じて譲らない二人のやりとりを聞いていた紫方大臣が、准爾に尋ねてくる。

「三久保君、この少年は君の知り合いなのか？　腕は立つのか？」

「知り合いには知り合いなのですが……」

男の姿の楓をまさか自分の婚約者だとは言えず、准爾は言葉を濁しつつ低い声で続ける。

「……腕は確かです。ですが、護衛の経験はないですし、何よりまだ幼すぎます」

准爾にしてみれば、危険を伴う護衛という役目に愛する者を絶対に置きたくないのだ。

だが、男同士の恋愛など夢にも思わない大臣に、准爾の気持ちは伝わらなかった。

大臣は楓を見つめ問いかけてくる。

「名は？　歳はいくつだ？」

「牧村楓太郎と申します。十六歳です」

「そうか。確かに若いが、男ならそのくらいの歳で昔は戦に出ていた。三久保君の知り合いなら安心だし、護衛は一人でも多い方が心強い。自信はあるのか？」

「もちろんです。だから参上いたしました」

大きく頷き楓が堂々と答えると、大臣が促した。

「なら、かまわない。一緒に乗りなさい」

「はい。ありがとうございます」

楓は准爾の顔を見ないで客車に乗り込んだ。

そのまますぐ発車時刻となり、大臣たちと一緒に准爾も乗り込んでくる。准爾の反論はまったく聞き入れられなかったようだ。

汽笛を鳴らし、ゆっくりと汽車が動き出す。

汽車は五両編成で、紫方大臣の貸し切りだ。機関車と石炭車、そして客車が一両と貨車が二両繋がっている。

客車は外国から取り寄せた資産家専用の特別仕様で、座席の座る部分は革張りになっていて、座りやすいように座布団もある。

窓辺に二人掛けの座席が対面式にいくつか置かれていて、大臣と准爾たちは前の方に、楓は一番後ろの入り口の近くに一人で座った。

楓は京都から上京するときは船だったので、汽車に乗るのは生まれて初めてだ。

窓辺からの景色は、まるで飛んでいるかのように速い。

船や馬車、自動車の揺れとも違う震動に最初は驚いたが、それほど経たないうちにだんだん慣れてきた。

小田原まで途中駅での休憩も合わせて、二時間半の道程だ。

准爾は大臣たちと和やかに話しているけれど、やはり楓にはかなり立腹の様子で、こちらに声をかけてくるどころか見ようともしない。

もちろん楓も最初から怒られるのは覚悟の上だ。

(だって、どうしても心配でっ)

何事もなければいいが、有事の際は大臣はもちろん、准爾自身の命も危うくなる。

愛する准爾に万が一何かあったらと思うと、楓は屋敷でじっと待ってなどいられない。

命を賭けて准爾が大臣を護ろうとするなら、その准爾を自分が護る。盾となり剣となって、少しでも自分の腕を役立てたかった。

いざとなれば、この身を挺してでも……。

楓はそのために剣術を学んでいるのだ。


休憩を挟んで何事もなく汽車は進み、あと一時間ほどで小田原に着こうという所まで来た。

汽車は順調に森の中を進んでいる。

准爾はやはり一度も楓に声をかけてくれないが、時折心配そうにこちらを見ているようで、何度か視線が重なった。

その度にきつく睨《にら》まれるが、屋敷に帰って誠心誠意謝ればきっと許してくれるくらいに怒りは収まっている様子に思えた。

そして、このまま何事もなく到着しそうだと思った矢先のことだった。

――そのとき、突然大きな警笛が鳴った。

急停止しようと一気に減速する汽車の反動で、客車は大きく揺れ、楓も座席にしがみついて身体を支える。

何とか無事に汽車が停まると、紫方大臣の安全を確認した准爾がすぐに楓の元へやってきた。

「大丈夫かっ？　転んで怪我などしなかったかっ？」

まるで幼子に対するような心配げな顔だ。まだ怒ってはいるのだろうが、やはり楓のことを何よりも気に掛けてくれているのだ。

「はい。大丈夫です」

楓は嬉しさいっぱいに頬を染めて頷く。

（やっぱり准爾様は優しい！）

もちろん楓もそんな准爾に甘えているだけではなく、己の使命を果たすべく立ち上がった。

「運転手に事情を尋ねてまいります」

「待て。確認には私が行くから、お前はここにいろ。何があるかわからない」

護衛に対しての言葉とは思えないほど過保護な台詞《せりふ》だ。

客車から一人出て行く准爾の後を、楓はすぐに続いた。

（何かあるかわからないからこそ、私もついていくのです）

急停車の原因は、客車の階段を下り線路に出てすぐにわかる。

前方に左右から木が何本も倒されていて、線路が塞がれていたのだ。

台風でもないのにこんな倒木などありえない。誰かが意図的に列車を停めようとしたのは間違いなかった。

降りてきた二人の運転手が、准爾と楓に駆け寄ってくる。

「これでは進むことができません」

「後退して最寄り駅に戻り、撤去用の車両と人員を用意しないと」

運転手たちの話を聞いていた――そこに、怪しげな男たちが六人、茂みの中から現れたのだ。

「我ら、紫方大蔵大臣のお命を頂戴する！」

こんな偶然などありえない。

この倒木はもちろん、護衛が来なかったのも、すべてこの刺客たちの画策があってのことだったのだ。

日本刀を振り上げて襲いかかってきた男たちに、運転手たちは悲鳴を上げて森の中へ逃げ出した。

今戦えるのは楓と准爾だけだ。

「早く客車に避難しろっ」

短銃を構えた准爾が楓にそう言ったが、同時に楓も叫んでいた。

「准爾様は客車の中へお戻りくださいっ！　ここは私が護りますっ！」

客車の入り口は後部に一つ。入り口さえ楓が護れば、中にいる大臣たちも准爾も安全だと思

ったからだ。

それが准爾の盾としての行動だが、当然准爾に怒鳴られる。

「馬鹿を言うなっ！　相手は六人だ、お前一人で敵うわけがないっ！」

准爾も銃を構えるが、准爾に耳も貸さず楓が木刀を握りしめ男たちを迎え討ち、男たちと楓が入り乱れて撃つに撃てない。

斬りかかってきた一人を素早い動きで倒した楓に、残りの五人の男たちは驚いて距離を置いた。

まさかこんな小柄で中性的な少年が、ここまで強いとは思わなかったのだろう。

男たちは作戦を立て三人が一斉に楓に襲いかかり、二人が開いていた窓から客車へ侵入を図ろうとする。

客車の中から秘書たちが懸命に応戦しながら、悲鳴を上げ准爾を呼ぶ声が聞こえた。

「三久保君っ！　早く戻ってきてくれっ！　うわぁぁぁぁっ！」

武術の心得のまったくない秘書たちは、短銃を携帯している准爾が何よりの頼りなのだ。

楓も刺客三人を相手にしながら、准爾に強く促す。

「早く客車へっ！　准爾様は大臣たちを助けて、自分のお勤めを果たしてくださいっ！」

「…くっ」

このままでは大臣が危うい。准爾は苦渋の決断で客車の中に戻るしかなかった。

准爾が戻ったことに安心し、楓は客車の入り口を背に気合いを入れ直す。

(私はここを命に代えても護ればいい！)

准爾は銃を持っているから、窓からの侵入は防げるだろう。

しかし、一人外にいる楓の分は悪い。

楓を襲う三人の男は師範に比べれば弱いが、一対一の剣術しか学んでいない楓には苦戦を強いられる。

素早い動きで必死に攻撃を凌《しの》いでいるけれど、楓は圧倒的に不利だ。

足元には線路があり、道場のように平らではない。もし転べば起き上がる前に間違いなく串刺しにされるだろう。

試合など足元にも及ばない緊張感が続く。

激しい剣戟《けんげき》で刃があわや腕を掠《かす》めて、袖の下部が縦にざくりと切られた。

「…っ！」

(このままでは、いずれやられるっ！)

集中力と体力には限界がある。

相手は真剣。一太刀でもまともに食らえば致命傷だ。

准爾のためなら死も恐れない楓だが、今ここで自分が負けたら次は准爾たちが襲われてしまう。敵三人と相討ちならともかく、突破されるのだけは避けなくてはならない。

しかし今の楓には三本の刃を躱すだけで精一杯で、なかなか打ち負かすことはできない。

（どうすればいいっ？）

はっとひらめいた楓は客車の入り口に戻った。

怖じけたのかと思ったのか、男たちは雄叫びを上げ楓の後を追ってきた。しかし楓は逃げたわけではなかったのだ。

客車の入り口は狭い。三人で同時に襲いかかることなどとてもできないのだ。

もちろんこちらも木刀の左右の振りには支障が出るが、楓には長刀の頃から得意だった電光石火の突きがある。

一対一なら、彼らに負ける気など微塵もしない。

楓は最初に入り口に入ってきた男を即座に素早い突きでその場に沈めると、さらにその後ろにいた男に大声を上げて木刀で叩きのめし、激しく外へ蹴り飛ばした。

勇ましく戦うその姿に、女性的な部分は微塵もない。

客車から勢いよく転がり落ちた仲間に、最後の一人が真っ青になり逃げ出す。それを楓は追いかけ、見事に仕留めた。

窓から侵入を図ろうとした二人も准爾の銃に手を撃たれた。二人を身動きが取れないようにしてすぐ、准爾が楓に駆け寄ってくる。

大きく息を切らせた楓は額に滴る汗を拭いながら微笑む。

「今、こちらも終わりました」

「…っ」

すると、途端に准爾が顔を歪《ゆが》ませる。怒られると思ったが、

「――無事でよかった」

准爾は痛いほど強く抱きしめてきたのだ。

（准爾様…っ）

楓が驚いたのは、准爾の腕が震えていたからだ。それほどまでに心配してくれたようだ。

「准爾様もご無事でよかった」

こうして今回も准爾の身を護ることができて、楓は安堵のため息をつく。やはりついてきてよかったと心から思った。

准爾は楓の身体を隈無く見回す。

「どこにも怪我はないか？　痛む場所は？」

「大丈夫です。袖が切られただけですから」

「身体は何ともないんだな?」

楓の腕を取って傷がないことを確認する准爾に、楓はしっかり頷いた。

「はい。でもせっかく准爾様に買っていただいた木刀が、こんなにぼろぼろになってしまいました。申し訳ありません」

真剣と戦った木刀は、いくら硬い最高級の本赤樫《ほんあかがし》でも深い傷がいくつもついてしまい、もう使い物にならない。

「……っ」

いかに激戦だったかを証明する無惨な木刀の様子に准爾は戦慄き、そのまま言葉もなく木刀ごと再び楓を胸に抱きしめた。

言葉も出ない様子の准爾の胸の中で、楓は新たに胸に誓う。

(今後もたとえ何があろうとも、私が命を賭けて准爾様を絶対にお護りしますから)

こうしてまた愛する人を護り、役立つことができた。それが本当に嬉しい。

そこへ、気を失っている刺客を捕らえるための縄を持った秘書たちがやってきた。

准爾と楓の抱擁を見ても、准爾が楓を弟のように心配し、無事な姿に安堵しているように見えたらしく、二人の関係が怪しまれることはなかった。

刺客の六人全員を捕らえることができ、縛り上げた彼らを貨車に閉じ込めると、逃げ出し隠れていた運転手たちも戻ってきた。

全員無事に事なきを得たが、やはり汽車はゆっくりとした後進で最寄り駅まで戻らなくてはならず、倒木を撤去して再び小田原へ進むのには大変な時間を取られてしまった。


小田原に着いたのは昼過ぎになり、紫方大臣が目的の会談を終える頃にはすっかり日も暮れていた。

一行は日帰りを変更し、小田原屈指の老舗高級旅館で一泊することになる。

大臣の警護は、今は会談相手の護衛たちがいて、帰りも東京まで同行するのでもう心配はいらない。

ようやく肩の荷が下りた楓に、大臣が旅館の離れの個室を取ってくれた。

六人の刺客のうち四人も一人で倒した褒美として、破格の扱いだ。

宴会にも呼ばれたが、酒が飲めない楓はさすがにそれは断って、一人で静かに過ごすことにする。

離れの部屋は六畳ほどの和室と隣に寝室がある。広くはないがこの部屋専用の温泉風呂もあった。

女湯には入れないし、男湯にも抵抗がある楓には、一人でじっくり風呂に入れるのはとてもありがたい。

一風呂浴びて浴衣に着替えた後は、豪華な夕食を部屋で一人でいただいて、少し早いが寝室で布団の上に横になった。

時刻は午後七時半だ。行灯《あんどん》の灯《あか》りが部屋の時計をかすかに照らしていた。

(退屈だ……)

明朝の出発まで、楓は何もすることがない。

三久保家の屋敷なら電灯があり夜でもかなり明るいが、ここは昔ながらの高級旅館。電灯はなく行灯だけだ。

楓のいる離れは旅館の母屋からは少し離れた場所にあるので、宴会で騒ぐ人々の声が時々かすかに聞こえるだけ。

周囲は虫の音の方がむしろ大きく響いていた。

縁側からは夜風が入り、蚊帳《かや》をゆらゆらと揺らす。京都で母親と暮らしていた頃と同じような光景だ。

准爾の元に来てからずっと洋風の暮らしをしていたので、何だか懐かしく感じると同時に、准爾のことを想うと少し寂しい気分になってきた。

今夜は准爾とはもちろん別々の部屋だ。

きっと今頃は宴会で楽しく過ごしているだろう。

一緒にいたいとそんな我《わ》が侭《まま》は言えないし、宴会とはいえ准爾の務めの一つなのはわかっている。

楓は大きくため息をついた。

（……屋敷に帰ったらきっと、いっぱい怒られるでしょうね）

かなりの心配をかけてしまったし、そもそも勝手についてきたことを准爾に厳しく叱られるのは必至。

でももちろん、楓は微塵の後悔もしていない。

むしろ襲撃という自体にしっかり務めを果たせたことに、今は大きな喜びを覚えている。

（私は男でよかったのかもしれない……）

だからこそ、こうして愛する人をこの手で守ることができる。

もし自分が女だったら、今頃は屋敷で准爾の無事を祈りながら、しくしく泣くことぐらいしかできなかったに違いないのだ。

楓は自分の掌をあらためて見つめた。

日々の稽古で強く木刀を握るために、肉刺《まめ》がいくつもある。

今日のような危機があれば、よりいっそう力を入れて握ることになり、掌は全体的に硬くなる。

指もだんだんと男らしく節張っていくだろうし、初めて准爾の元に訪れたときのような白魚のような指にはもう戻れない。

少しずつだが確実に准爾の理想と離れていく自分を思うと、やはり胸が痛む。

しかし、男として習う剣術で知った新たな世界と、愛する人をこの手で守れる充実感を知った楓は、木刀を捨てることはできないし、したくない。

准爾の理想と、自分の現実。

どれだけ考えても、楓はその板挟みからは抜け出せそうになく、ため息ばかりが口から漏れるだけだ。

することのないまま布団に横たわっていると、さすがに刺客との戦いに身体は疲れているせいか、楓は行灯の灯りをそのままにいつしかうとうとと微睡《まどろ》み始めていた。

やがてそこに、

「――楓、起きているか?」

ふと縁側から聞き覚えのある声が聞こえて、楓は飛び起きた。

「じゅ、准爾様っ？」

行灯のおぼろげな光に照らされている長身の浴衣姿の男は、間違いなく准爾だった。

楓は慌てて乱れた浴衣の裾と寝癖のついた髪を手で直し、布団の上に正座をして迎える。

「宴会はどうされたのですか？　もう終わったのですか？　こんな縁側から」

「宴会を抜け出しての夜這いは、古来から男の嗜みの一つだからな。誰も窘めはしない」

悪びれることなくそう言って、准爾が草履《ぞうり》を脱いで上がってきた。

（夜這い……っ）

淫らな言葉に楓は思わず赤くなるが、楓を待っていたのはそんな色気のあるものではなかった。

「今日という今日は、お前にきちんと話をしておかなくてはならない――」

布団の上に正座する楓の前に胡座《あぐら》をかいて座った厳しい顔の准爾から、こんこんと説教が始まった。

「そもそも何でお前が護衛として来た？　私はそんなことのために、剣術を習わせているのではない。お前が少しでも生き生きと、楽しく過ごせればいいと思っているからだ」

「……」

叱られる覚悟はできていたので、楓はただ項垂《うなだ》れて延々と続く説教をひたすら聞くしかない。

「確かに今日は、お前がいてくれたから誰も怪我をすることなく助かった。護衛としての働きは立派だった。だが、お前が戦っている間、本当に私は生きた心地がしなかった……こんな無茶なことは二度としないと誓え」

楓の身を心から案じるからこその、いつになく厳しい口調と眼差し。本気で准爾が怒っているのがわかる。

しかし、

「――お約束はできません」

楓は顔を上げ、凜々しくそう言い返した。どれだけ叱られても絶対に譲れないことがあるからだ。

「心配をおかけすることは、申し訳なく思います。ですが、私は准爾様の命が何より大事なのです。そのための剣術です。どんな無茶をしてでも、絶対にお護りいたします」

「楓…っ」

「これまで私の目差してきた『お嫁様』は、女としてのものでした。だからこれからは、私は私なりの『お嫁様』を目差していきたいのです。准爾様の加護を受けるだけでなく、私も対等に男として、あなたの役に立てるように今後も剣術を学び、役立てたいのです」

真っ直ぐに准爾を見据えて告げる。

――これが楓が自分なりに選んだ道なのだ。

大好きな准爾と共に過ごすために、これからは自分の最も得意とすることで己の存在価値を見いだしたかった。

だが、准爾は楓の無茶を許せず一喝する。

「いい加減にしろっ。お前はそんなことをしなくていいっ」

その言葉は、槍《やり》のように楓の心を貫いた。

（やっぱり准爾様は……っ！）

自分の妻に女らしさを求めない男などいない。楓が男だとわかっていても、准爾は楓にそれを求めているのだ。

楓もきっとそうだろうと感じてはいたが、はっきりと伝えられた言葉はあまりにも悲しい。

ならば、自分はいったいどうすればいいのか。

楓は思わず大粒の涙を零しながら強く言い返した。

「――私は男なのですっ。女ではないのですっ！」

いっそ最初から女であったら、どれだけよかったか。

年頃になっても、肉体はたくましさとは無縁。いくらでも美しくなることができる。

准爾に嫁いで家を守り、やがて子供を産んで、楓が偏に想い続けた理想の『お嫁様』になれるのだ。

（でも、私にはそれができないから……っ）

そのままはらはらと零れる楓の涙に、准爾もはっと我に返った。

自分の言葉がいかに楓にとってひどいものか、すぐに気がついたのだ。

「すまない……今のは私が悪かった。許してくれ。悪気はなかったんだ」

頭を下げて丁寧に詫びてくれた准爾に、楓は涙を拭って頷いた。

「わかってます……准爾様は悪くないです」

（准爾様は、私の身を案じて怒ってくださってるのだから）

つい感情的になってしまったが、すべては准爾が自分のことを心から大切に想っていてくれるからだ。

でもだからこそ、楓はよりいっそう悲しくなる。

女らしさを求める准爾の希望に応えてあげられない我が身のもどかしさに――。

楓は細い肩を震わせ、涙のままに准爾に訴え始めた。

「……剣術の稽古は、とても楽しいです。汗にまみれ、努力の末に強い相手を打ち負かすことに、とても高揚感を覚えます」

女として『お嫁様』の存在意義を何度も失った楓が、男として新たに知った世界は、何もかもが輝いて見えた。

「それは……木刀を握って初めて、私は男として認められたからです。やはり私は男なのだと、強く感じるようになりました」

しかし男としての自覚が高まれば高まるほど、楓は准爾の理想から遠のく自分に苦しまなくてはならないのだ。

「婚約者の私が男であることで、ただでさえ准爾様にご迷惑をかけているのに……剣術を学べば学ぶほど、私は准爾様の理想からは離れていく。背も伸びるし、身体もたくましくなるでしょう……容姿はどんどん准爾様の望む姿ではなくなっていく」

ぽろぽろと零れ落ちる涙を何度も拭って、ついに楓は子供のようにしゃくり上げる。

「――でも、それでも私は准爾様に嫌われたくない……どうしていいかわからないんですっ」

楓はずっとずっと心に抱えていた憂いを大きく声にして、そのまま布団の上に泣き伏した。

「楓……」

すると、そんな楓の背を准爾が優しく宥めるように撫でてくれる。

「私がお前を不安にさせていたのだな……すまない。もっとはっきり言葉で告げておくべきだった」

そしてそっと身を起こさせ楓の肩を抱き、涙で潤んだ瞳に誠意ある眼差しを向けて告げてくる。

「たとえお前の背が伸びて、私より遙かに大男になったとしても、私は少しもかまわない。私はお前の優しい心に、その美しい魂に強く惹《ひ》かれているのだから」

「……………それは…本当ですか？」

楓が驚きに目を見開くと、准爾は涙に濡れた頰を愛しげに指で拭って、想いを込めた熱い言葉で頷いてくれた。

「ああ。お前の性別や容姿など、もはや私にとってはささいなことだ」

准爾にとって楓の表面的なものなど、とっくに関係なくなっていた。楓が自分の身体の変化を気にすることなど何もなかったのだ。

（准爾様……っ）

感激に唇が戦慄いて言葉が出ない楓に、今度は准爾はせつなげに瞳を揺らし、声を震わせ強く楓を胸に抱きしめ訴えてきた。

「私はお前だけを、永遠にずっと変わらず愛し続けると誓う――――だから、お前という存在だけは失わせないでくれ」

それが准爾のどうしても譲れぬ願い。

だからこそ楓の身を案じ、無茶な行為に出ると強く怒ってくるのだ。

「生きる目的を失っていた私に、こうして政治家を目差すという新たな生き甲斐を授けてくれたのは、他ならぬお前なのだから……っ」

肩を大きく戦慄かせ、まるで縋りつくように訴える准爾の姿に楓はひどく驚いた。

「准爾様……」

「頼むから……本当に無茶なことはやめてくれ……っ。お前がいるから、私は生きていけるのだ……っ」

准爾はとても立派で賢く何でもできる男だ。

しかし、完璧ではない。その心には弱い部分もある。一時は自分を見失い、自棄な日々を過ごしていたこともあったのだから。

そんな准爾だからこそ、縋りついて懇願するほどに楓を必要としているのだ。

楓はいかに自分が准爾の気持ちを無視して傷つけていたか、今になってよくわかった。

自分の身を犠牲にしても、准爾は少しも嬉しいと思っていなかった。

楓の自己満足でしかなかったのだ。

楓の大きな黒い瞳に、新たにまた涙が溢れる。

「……私の思慮が浅く、誠に申し訳ありませんでした」

准爾のためなら死ぬことすら怖くなかったけれど、准爾は遺される准爾の気持ちまで深く考えていなかった。

結果、こんなにも愛する人を心配させ、悲しませていたのだ。

准爾の気持ちを受け入れ、楓は決意を新たに誓う。

「――准爾様、私は強くなります。准爾様はもちろん、今後は私自身もきちんと護れるように、よりいっそう剣術を磨きます。もう決して無茶はいたしません」

剣術を学ぶというのは、身を挺するためではなかった。

愛する人と同時に自分自身も護るためなのだと、今強く確かに心に刻んだ。

「二人して、いつまでも睦まじく共に生きてまいりましょう」

楓の誓いに納得してくれたのか、准爾も大きく頷いてくれた。

「ああ」

自然に二人は口づけて微笑み、眼差しを重ねながら准爾が熱く囁いた。

「楓……お前は私の大切なベターハーフだ」

「ベターハーフ？」

英語だということしかわからない楓に、准爾が優しく目を細めてその意味を伝えてくる。

「よりよき我が半身――お前は、私の希望の翼だ」

そして准爾が懐から取り出した革張りの手帳には、楓が折った折り鶴が挟んである。

楓が折り、羽根に『楓』と名を記したものだ。

以前の楓がそうだったように、今は准爾がいつもこの折り鶴を大切にこうして持っていてくれている。

准爾が愛しげに何度も楓の髪を撫でながら続けた。

「お前が男としての道を選ぶなら、それでいい。私は協力するし、いずれきちんと男同士として、周囲に私たちを認めてもらおう」

「……はい」

感激に涙を流す楓の頬に准爾は口づけ、明るく仕切り直すかのように笑った。

「さて、せっかくの温泉だ。一緒に風呂に入るか。こうして夜這いに来た意味がないからな」

いきなりの話題転換。

でもいつもの准爾らしいその様子に、楓は真っ赤に照れながらも小さく頷いた。


個室専用の風呂なので広くはないが、二人で入るくらいなら充分すぎるほど立派な、かけ流しの檜《ひのき》風呂だ。

こんこんと無色透明の湯が注ぎ込まれていて、いつでも何度でも入浴できる。

向かい合うように准爾の膝に腰掛けようとする楓は、下から受け入れる准爾の大きな男根に思わず熱い吐息を漏らす。

「……あ……ふっ」

「辛くはないか?」

身体を支えてくれる准爾の優しい問いかけに、楓は首を横に振った。

こうしてゆっくりと体重を掛ければ、湯もあっていつもより痛みも少なく身を繋げることができそうだ。

でも、

(准爾様の…が…)

嬉しい言葉をたくさんもらったせいか、いつもより准爾自身を敏感に感じてしまう。

「あ……ぁぁ…っ」

挿入早々にこんなに感じていいのだろうかというほど、甘美な痺れに悦び、身体を震わせる楓を、准爾が耳元でくすりと笑う。

そして楓の背に手を回し、愛しげに抱きしめ囁いてきた。

「気持ちいいのか？　楓の恣《ほしいまま》にしていい」

「…っ」

耳元への淫らな囁きにぞくぞくと煽られる。お陰で楓の意識はかえって繋がったままの場所に集中してしまった。

しっかりと銜《くわ》え込んだ准爾の高ぶりをもっともっと奥まで取り込みたいと、淫らに内壁が動き出すのが自分でもわかった。

そのまま重力に従って最奥まで准爾を取り込むと、身体中が歓喜に震える。

「…ああぁ……ふぅ」

「楓……っ」

蕩けそうな顔で仰け反った楓を支えながら、准爾がねっとりと唇を奪った。

「……んっ」

絡み合う舌の熱い愛撫。

愛する人と上と下で交わっているこの感覚は、思わず達ってしまいそうになるくらいの幸福感に包まれる。

楓の口内を存分に貪り終えた准爾が、吐息が届く距離からねだってきた。

「今夜は、楓が自分で動いてみるといい」

「私…がっ？」

あまりのことに楓は全身を赤く染める。

「ああ。できるだけでいいから」

「無理ですっ、そ…そんなことはとても…っ」

無意識にならともかく、自発的に動くなど楓はしたことがない。そんな淫らな自分を想像しただけで恥ずかしくていたたまれなくなってくる。

しかし、准爾は湯で濡れた楓の黒髪を撫でながら促してきた。

「大丈夫だ。楓はこんなにも私を欲している」

そのまま下から軽く突き上げられ、楓は身を仰け反らせる。

「…ああぁ…んっ」

結合部から一気に駆け上がるのは、もっともっと欲しくて我慢できなくなるほどの甘美な痺れ。

淫らなその余韻がたちまち下半身を支配し、楓は恥じらいつつも睫を震わせ尋ねた。

「……………どう…すれば？」

「楓の感じるまま、悦《い》いように動けばいい」

准爾のたくましい腕に支えられ、楓はおずおずと自ら腰を上下に動かし始めた。

「…あぁっ、……あ…んぁ…」

自分でももどかしいほどのつたなさだが、自らの意思で准爾を抜き差しする感覚は、羞恥と快感が混ざり合って変な陶酔感すら覚え始める。

（気持ち…いい……っ）

「は…あぁ……ふ」

うっとりと熱い吐息を漏らすようになった楓を、准爾が優しく誘う。

「ああ…上手だ……。もっと大胆に動けるなら、もっともっと悦《よ》くなる」

准爾に言われるまま、楓はさらに大胆に腰を動かす。粘膜が生む摩擦は、確かに動けば動くほどどんどん悦びを湧き起こした。

（こんな……す…すごい…っ）

「…あぁ…んっ、はっ……ん、あふ…っ」

快感のまま腰が動き、口から漏れる嬌声がとまらなくなる。

これではもうやめたくてもやめられない。どんなに淫らでも、このまま一気に駆け上がりたい衝動に駆られる。

日頃の初心な楓とは思えない腰の動きに、准爾も興奮が高まるのか息づかいも荒くなってきた。

「楓……すごく上手だ。……最高…だな」

銜え込んでいる男根が楓の中で脈を打ち、大きく猛っているのを敏感に感じる。

「……あうぅ…はっ、…ふあぁ…んっ」

（あああ…なんて准爾様の……こんなに大きくて、熱い――）

湯よりももっと遙かに熱く、脈打つ圧倒的な存在感。

楓はその形までも存分に味わうようにねっとりと、いやらしく腰を揺らしながら上下させていく。

「あぁ…ふっ、あっ、あぁ…んっ」

陶酔するまま動きはよりいっそう激しくなり、楓は覚えたばかりのこの淫猥《いんわい》な行為にただひたすらのめり込んだ。

そして、ついに到達した解放の瞬間。

楓は半開きになった口元で感じるままに声を上げる。

「――ああ、あぁぁ…んんんっ！」

楓は准爾を根元までずっぽりと取り込んだまま湯の中に射精し、大きく息をついて准爾に凭《もた》れ掛かる。

ぐったりとしたその華奢な身体を准爾が満足そうに笑って抱きしめた。

「こんな淫らな楓も、本当にかわいいな」

「…っ」

（……准爾様のいじわるっ）

からかわれ恥ずかしくてたまらない楓が嫌々をするように准爾の肩口に顔を埋《うず》めると、准爾がよしよしと宥めながら告げてくる。

「まだ、もう少しがんばれるか？」

もちろん、これで終わりではないのは楓もわかっている。准爾の猛りは楓の中にまだそのままなのだ。

その求めに楓は素直に頷いて、照れて項垂れつつも准爾に答えた。

「今度は…准爾様も。……私に准爾様のを…注いでください……っ」

自分だけではなく、愛する准爾にも気持ちよくなってほしい。

楓の淫らな内壁は、今も准爾を無意識に締めつけている。

大好きな准爾の高ぶりだからこそ、こんないやらしい欲望に支配されてしまうのだ。

「ああ。もちろんだ」

准爾が楓の白い背中を撫でると、楓は准爾を達かせるために再び激しく、より淫らに腰をうねらせる。

「あああっ……はうぅ……あっ、あああ…っんん」

湯を大きく揺らすほどの激しい交わりのなかで、楓は激しく腰を振り、赤裸々にねだった。

「……も…もうっ、我慢…できな……っ、准爾様……早…くっ…私の中に…っ！」

一秒でも早く欲しくて欲しくて、もうたまらなくなってしまったのだ。

「ああ、わかった」

准爾が浮いていた楓の腰を力任せに引き降ろし、楓は一気に信じられない深さまで下から貫かれる。

「ひゃっ、ひああああ…んっ！」

（こっ、こんなに…ふっ、深くにまで――っ！）

楓は身を戦慄かせ、再度絶頂を迎える。かわいらしい高ぶりから白濁を漏らす細い身体を、
准爾が力一杯抱きしめた。

「……くっ」

そして同時にこれ以上ないほど深くまで差し込まれた大きな塊から、熱い迸りが勢いよく注がれる。

「あああ……准爾……様ぁぁっ……んっ」

（出てる……私の中に……准爾様のがいっぱい……っ）

念願のその生々しい感覚は、こんな恥部の奥々まで愛を注ぎ込まれるというまさに至福の体現。

大きな悦びに心震えるまま、楓もたくましい准爾の身体にしっかりと縋りついた。

九月下旬の大安吉日。

秋が始まるに相応しい、澄み渡った空がどこまでも広がった日となった。

本日、三久保男爵家四男・三久保准爾と、宝院伯爵家長女・宝院楓の結婚式がいよいよ盛大に執り行われる。

欧州から移築されたという聖堂での挙式だ。

その隣の建物に用意された花嫁控え室で、楓は迫るそのときを待っていた。

純白のウェディングドレスに身を包み、髪は長い黒髪の鬘《かつら》を被り、化粧も美しく施してもらった。

こうした女性としての姿で結婚式を行うと決めたのは、楓自身だ。

准爾の体裁を考えれば、男同士として式を挙げることは無謀だと楓もわかっているし、男の自分のために苦労して採寸し、こんな素晴らしいドレスを用意してくれた丹波たちの努力を無駄にしたくなかった。

それにこの美しく煌びやかな純白のドレスは、准爾の花嫁として決まったときからずっと夢に見ていた姿だ。

今日は自分の性別のことは忘れて、この人生の大舞台に立ちたいと思った。

準備はもう万端。少し緊張しているが、いつ呼びに来られても大丈夫だ。

楓が一人で静かに椅子に腰掛けそのときを待っていると、准爾も仕度を終えたようで楓の控え室に入ってきた。

「――楓」

「准爾様、ああ…すごく素敵です！」

やってきた准爾に楓は瞳を輝かせ、飛び上がるような勢いで思わず椅子から立ち上がる。

いつもの洋装とは違い、身に纏うのはモーニング・コートという正式礼服だ。

端整で精錬された准爾にはこれまで何度も見惚れてきたが、今日はその上をいく気品が漂っている。蕩けそうになるほどときめく姿だ。

だが、

「……」

（……准爾様？）

楓がうっとりとした顔で頬を染めた一方、准爾はそんな楓をじっと見つめたまま絶句し、完全に固まってしまっている。

楓は我が身を振り返り表情を悲しげに曇らせた。

「………やはり、今の私にこの姿は似合わなかったでしょうか？」

日々の剣術の稽古によって、楓は少しずつだが確実に男らしくなってきている。

それに引け目があるからこそ、今日はきちんと化粧を施し、髪も長髪の鬘を用意してもらって完全に女性としか見えないくらいに仕上げてもらったつもりだった。

でも、准爾が満足するほどまではいかなかったのかもしれない。

楓が不安げに長い睫を揺らすと、そこでようやくはっと准爾が我に返った。

「いや、すまない……あまりにも美しいので、見惚れすぎて本気で言葉を失ってしまっただけだ。とてもよく似合っている。こんな美しい花嫁と式を挙げられる私は果報者だ」

そう言って感激のまま、楓を胸に強く抱きしめてくれた。

「ありがとうございます」

すっぽりと准爾の腕の中に収まって、楓は薔薇《ばら》色に頬を染める。

(ウェディングドレスを着て、本当によかった)

戸惑いはあったけれど、こうして准爾に褒められれば天に昇るくらい嬉しい。

いくら楓が男であっても、准爾に恋する乙女な部分は決して消えないのだから。

麗しく化粧を施された楓の顔をしげしげと見つめながら、あらためて准爾が言う。

「しかしお前のこんな可憐《かれん》な姿は、今日で見納めかもしれないな」

「准爾様……」

男の自覚に目覚めてきた楓の気持ちを計らっての言葉だろう。

楓が申し訳ない気持ちになって准爾を見つめ返すと、准爾がとびきり優しい眼差しで微笑んできた。

「まぁ、いずれそういうことになるのではないかと思っていたから、私も考えて、先日の京都での土産の帯留めは、お前が男としても使える品にしたんだ」

「……え？」

「京都の洒落た紳士の間では、洋装の帯革の代わりに帯締めをするのが流行っていて、女物と同じ綺麗な帯留めをつけるらしい」

（そんなこと、知らなかった……）

まさか、あの土産には裏にそんな配慮があったとは――。

てっきり女性のように美しく着飾るために買ってくれた帯留めだと思っていたけれど、准爾は最初からちゃんと楓を理解してくれていたのだ。

男としての自覚を持ち始めながらも、美しい品々も変わらず好きだという複雑に揺らぐその心を。

「准爾様……」

大きな目をさらに大きくして驚く楓に、准爾が告げてくる。

「お前は女として育てられた男だ。男として自覚した以上、女として生きるのも、だからといっていきなり男として雄々しく生きるのも、どちらにも戸惑いはあるだろう。でも、それでいい。今後はお前が受け入れられるもの、受け入れられないもの、どちらでもありのままに選択していけばいいんだ」

きちんと先を見据えた准爾の深い愛情の気遣いに、楓は思わず大粒の涙を零す。

「……ありがとうございます」

本当になんと素晴らしい相手に自分は想われて、嫁ぐことができるのか。

准爾が好きで、大好きで――ただその想いのままに生きてきた楓は、自分もまた同じように想われ、愛されることの幸せをあらためて噛みしめる。

「准爾…様…ぁ…っ」

大きな感謝の気持ちが上手く言葉にならず、ただただ溢れる涙になってしまう楓の目元を、准爾が白い手巾《しゅきん》でそっと拭いてくれた。

「泣いたら、せっかくの化粧が落ちてしまうぞ」

「……そ…そうですね」

今日は涙ではなく、来てくれたすべての人にも笑顔で感謝の気持ちを届けたい。

結婚式には、京都で楓の世話をしてくれた使用人たちも招待している。

こんなにも幸福な自分を、亡くなった母親の代わりに見届けてもらうつもりだ。

いよいよ式の時間となり、花嫁控え室に丹波が呼びに来る。

二人は控え室を出て、これから式が行われる隣の聖堂へと向かうのだ。

「さぁ、行こうか――私の花嫁」

「はい」

愛する准爾が差し伸べてくれた手に自分の手を重ね、楓は念願の『お嫁様』として満面の笑みで歩き出した。

旦那様は愛に憂う

結婚式も無事に過ぎ、秋晴れの爽快な空が広がるある十月中旬の昼下がり。

「それでは、お大事にしてください。また来週あらためて伺いますので」

大きな日本屋敷の門の前で、今日も凛々《りり》しく洋装を着こなす三久保准爾《みくぼじゅんじ》が、島崎《しまざき》勅任議員の妻に丁寧に頭を下げる。

十一月の議会に提出する意見書の制作に協力するために島崎邸を訪れたのだが、肝心の島崎が食あたりで腹痛を起こしてしまったのだ。

医者の話では大事には至らないそうだが、午後から予定していた打ち合わせは中止になった。

准爾は門の前に迎えに来た三久保家の黒い自動車に乗り込むと、運転手に指示する。

「屋敷に戻ってくれ」

「かしこまりました」

整理しなくてはならない書類が残っているし、取り寄せた洋書も読みたい。空いた時間は、屋敷でできる雑務を片づけることにした。

車は島崎邸の前の道から、すぐに大通りへと出る。昔ながらの商店が建ち並ぶ活気ある景色を車内から眺め、准爾は愛する者に思いを馳《は》せた。

（楓《かえで》は今日は交流試合だと言って、朝からはりきって出かけたな）

木刀での剣術を学ぶ楓は、師範の指示で他道場との新人と親睦を深めるために、同期の仲のよい二人と一緒に隣町まで行くと、昨晩話を聞いた。

剣術道場での出来事を生き生きと語る楓の姿は、准爾にはいつも眩《まぶ》しく見える。

楓は今まで『女』という鳥籠の中に閉じ込められてきたようなものだ。

本人もそれが当然だと何の疑いもなく生きてきたが、ようやく新たな世界で本来の『男』としての生き方を知り、自分の翼で大空に羽ばたく喜びを得たのだ。

屋敷に初めて来たときから比べればだいぶ男らしくなり、白い肌の透明感も若干薄れてきているが、楓の意欲に満ちた顔つきはこれまで以上に准爾には美しく、光り輝いて見える。

同年代の友人たちとのやりとりを楽しそうに語る楓も、とても愛らしく微笑ましく感じるのだが……。

（……それはそれで少し寂しい気もするがな）

楓は自分だけに夢中でいてほしいという、そんな愚かな独占欲を准爾は苦く笑う。

まさか自分が誰かを妬《や》く立場になるなんて、まったく夢にも思わなかった。楓に出逢う前の傲慢だった自分に教えてやりたい。

親が勝手に決めた婚約者のことなど、退屈しのぎになればいい程度にしか思っていなかった。ありえないほど最低な扱いをした。

しかし楓はそんな准爾のすべてを赦《ゆる》し、変わらぬ愛情を注いでくれる。

今自分がこんなにも幸福で満ち足りた日々を送れるのは、すべて楓のお陰だ。感謝してもしきれない。

准爾を乗せた車は左折し、繁華街へと出る。ふと目をやった歩道に、見覚えある胴衣を着た男子が三人、仲よく歩いているのが見えた。

(あれはっ!)

彼らの横を通り過ぎた瞬間、准爾は急いで運転手に命じる。

「歩道に寄せて停めてくれ——今、楓がいた」

運転手が指示通りすぐに停めると、准爾は車を降りて楓の元へ向かう。

「か……楓太郎《ふうたろう》!」

ついいつものように『楓』と呼びかけそうになり、慌てて言い直し駆け寄った。

戸籍通りの女のままでは剣術道場に入門できるはずもなく、楓は偽名を使っているのだ。

「准爾様っ」

現れた准爾に気がついて、楓も嬉しそうに大きな瞳を輝かせる。

まさかこんな場所で会えるとは、互いに思いもしなかった。

「試合は終わったのか？」

「はい。帰り道です。准爾様は？」

「一つ約束が飛んで、屋敷に戻ろうと思っていたところだ」

「そうでございますか」

そして楓が二人の友人に、准爾を紹介する。

「私がお世話になっているお屋敷の主、三久保准爾様です」

先月結婚したとはいえ、さすがに『夫』とは紹介できない。なので無難な言い回しだったが、
それでも二人は目を剝《む》いて驚いた。

「三久保…って、あの三久保家の!?」

「はい。そうです」

微笑む楓に二人は狼狽《うろた》え、小さな声で囁《ささや》き合う。

「……そうだった、そういえば楓太郎の親戚は、三久保家の執事という話だった」

「なら本物かっ。本物の三久保様だぞ……おいっ」

庶民にしてみれば、財閥として名が轟《とどろ》く三久保家の人間に会うことなどまずない。住む世界が違うのだ。

とにかく礼儀を欠いてはいけないと、二人は緊張のまま顔をひどく強ばらせ、深く頭を下げてくる。

「お…お初にお目にかかります。や、山田一平《やまだいっぺい》です」

「…市川宗三郎《いちかわそうざぶろう》です。……お会いできて、光栄です…っ」

山田と市川のことは准爾も楓の話で聞いていた。二人とも見た目通り、とても純朴で気のよさそうな若者だ。

「君たちのことは、いつも楓太郎から聞いているよ」

准爾がそう言うと、山田と市川は顔を見合わせる。

「……楓太郎からですか？」

確かに『楓太郎』の立場としては使用人なのだから、主とあまり親しいのも妙かもしれない。しかし夫婦だとも言えず、楓も困ったように准爾の顔を見つめてきたので、准爾はすぐに誤解を解くよう言葉を足した。

「楓太郎は私と家族も同然なんだ。私は末子で弟がいないから」

嘘《うそ》は言わない。弟のように可愛がっていると認識させるような言葉を、あえて用いただけだ。

「はい。身に余る幸せにございます」

楓も准爾に話を合わせると、山田と市川も納得したようだ。

准爾は微笑み、二人に優しく促す。

「君たちも一緒に車に乗るといい。家まで送っていこう」

予想もしない誘いに驚いてどうしていいかわからない様子の二人の傍《かたわ》らで、楓が嬉しそうに手を叩いた。

「よろしいのですか？」

「ああ。楓太郎の大切な友達だろう」

「ありがとうございます」

楓たち三人を後部座席に乗せ、准爾は助手席に座った。

後部座席との間には仕切り板があるので楓たちの顔は見えないけれど、声はしっかり聞こえてくる。

自動車など乗ったことのない山田と市川は、最初はひどく緊張しながら車内を見回しているようだったが、やがて慣れてきたのか景色を楽しみ始める。

そして何やら突然、大きく声を上げた。

「おい、吉田《よしだ》屋の前を見ろ！」

「ほんとだっ！」

事情を呑み込めない楓が、二人に尋ねる。

「甘味処ですよね？　どうかしましたか？」

「店の前で水まきをしていたのは、お絹《きぬ》さんといって、宗三郎が惚《ほ》れている女だ」

「わー、そうなんですか？　そうなら早く言ってくださいよ。もっとよく見ればよかった」

「ひやかすなよっ。恥ずかしいだろ」

彼らは若者らしい恋の話でもり上がる。

「稽古帰りに、いつも店につき合わされるんだ」

「文句を言うな。ちゃんと団子を奢《おご》ってやっているだろっ」

「俺は女より剣術。剣術の次に団子だからな」

山田と市川のやりとりがおかしくて、楽しそうに笑う楓の声が助手席の准爾の耳によく届く。

同期で同じ歳で、とても気の合う三人なのだろう。

しかし、それが准爾には少しせつない。九つも年上の准爾と楓では、こんなくだけた雰囲気には決してならないからだ。

（わかってはいるのだがな……）

自分の知らない世界を持つようになった楓を、手放しに喜んでやれない。

准爾が小さくため息をついたとき、ふと市川が楓に尋ねた。

「楓太郎はどうなんだ？　好きな女はいないのか？　会いに行く口実が欲しいなら、つき合ってやるぞ」

（…っ！）

准爾は思わず緊張して聞き耳を立てる。果たして楓は何と返すのか。

すると、

「――私には心に決めた、大切な方がいます。誰に後押しされなくても、大丈夫です」

きっぱりと、落ち着いた口調で楓がそう答えた。

准爾と楓の関係を話すことはまだできないが、それでも二人が固い絆と想いで結ばれているという、楓の強い意志を感じる言葉だ。

好きな人の気持ちを、確かな言葉で知る。自分へ向けられている楓の真っ直ぐで強い想いに、准爾の心は一気に華やいだ。

（……私もいい歳をして、こんなにも嬉しいとは）

過去に恋愛など星の数ほど重ねてきたつもりでいたが、楓の澄みきった気持ちの前ではすべてが戯《ざ》れ事にしか思えない。

本当の意味で誰かを愛することなど、今まで一度もなかったことがよくわかる。

そんな堂々とした楓の姿を、山田と市川も純粋に尊敬したようだ。

「その落ち着きのある発言。誰よりも幼く見える楓太郎に、大人の余裕を感じるぞ。恐れ入った」

「ああ、まったくだ。完全に俺らは遅れをとっている。剣術だけでなく、恋愛すら楓太郎に勝てぬとはな」

感心しきり山田と市川を御徒町《おかちまち》まで送り届け、車は屋敷へと向かう。

後部座席に座り直した准爾と楓が和やかに会話を弾ませているうちに、車は屋敷の門を潜《くぐ》った。雑木林と石垣が続くゆるやかな坂道を、ゆっくりいつものように上がっていく。

だが、そのときだった――。

車が何の前触れもなく急停車したのだ。

それほど速度は出ていなかったので支障はないが、敷地内に入ったというのに何事かと驚く二人に、運転手がすぐに理由を告げてくる。

「申し訳ありません、子犬がおりまして」

「……子犬?」

准爾が運転手に問いかけたときには、もう楓は車から降りていた。相変わらずの行動の早さだ。

准爾も続いて降りると、楓が子犬を拾い上げて准爾の元へと戻ってくる。

「准爾様、なんてかわいい子犬でしょう！」

簡単に手に抱けるほどの、小さな薄茶色の雑種犬だ。黒目がちの瞳と丸い耳が加護欲を誘う。

「飼い主や母犬の姿は見えませんね……どうしましょう？　とてもこのままにはしておけません……」

捨て犬が三久保家の敷地内に迷い込んできたようだ。

子犬を抱いてすっかり困り果てた様子の楓に、准爾は言った。

「飼いたいのか？　お前が飼いたいのなら、屋敷で飼ってもいいぞ」

「本当ですか？」

「ああ」

大喜びする楓と子犬を連れ再び車に准爾が乗り込むと、隣に座る楓の膝で子犬が甘えるように鼻を鳴らす。

「お前をまるで親のように慕っているな」

子犬を撫《な》でながら目を細める准爾に、楓がふわりと花のように微笑んできた。

「私が親なら、准爾様も親ですよ」

「ああ。無論そういうことになる。私たちに子供はできないが、こうして代わりに愛くるしい拾いものをした」

「准爾様……っ」

その言葉が楓には本当に嬉しかったらしく、途端に感激に大きな瞳を潤ませる。そして肩を震わせ、あらためて子犬をしっかりと胸に抱いた。

「……はい。この子は、私たち二人の子供です」

子供が産めないことに傷ついていた楓が、こんなにも喜んでくれるとは。准爾も思わず胸が熱くなる。

我が子を慈しむように子犬に頬《ほお》ずりをする楓の頬を、子犬がぺろぺろと舐《な》めて慕う。

「ふふふ。くすぐったい」

実に睦まじいその光景を温かい気持ちでじっと見つめていた准爾だったが——ほどなくして、じんわりと込み上げてきた感情に大きくため息をついた。

そしていきなり楓を胸に引き寄せ、その柔らかな唇を奪う。

「いくらかわいいとはいえ、ここは許すなよ」

(……まったく、私もまだまだだな)

楓の友人どころか、子犬相手にすら妬けてくるなど。

五年後には国会議員に立候補し、やがては日本の財務の頂点に立とうと志す男が、何とも情けない限りだ。

二人の子供というより、自分にとって最大の強敵を拾ってしまったのかもしれないと、早くも憂う准爾だった。

あとがき

こんにちは、六堂葉月です。

明治浪漫ものを書かせていただきました。時代物は大変難しいですが、レトロな雰囲気がすごく好きなので、たまに挑戦したくなります。

資産家好きなので、洋館という設定がまずときめきますし、この時代の洋装が見目麗しくて大好きです。

特にドレスが好きなのですが、ＢＬでは女装でもさせない限りは無理だし、無理矢理着せるのも何なので、今回は受キャラは、女として育てられてしまったという生い立ちにしました。人間は狼に育てられれば、心は狼になっちゃいますしね。女として育てられ、女だと何の疑いもなく思い込んでいたのに、ある日突然、男だと言われればそりゃ～ショックでしょう。

女として育てられた楓ですが、生まれ持った本質はかなり漢です。

もし楓がちゃんと男として育てられていたら、どこかの名家の養子として跡を継ぎ、さぞや立派な当主になっていたのではないかと思います。

私はあまりキャラのその後とか考えないんですが、成長していく楓の容貌の変化だけは気になります。（笑）

楓の父親の宝院伯爵が実は巨漢とか、母親も女にしてはかなりの長身とか、ＤＮＡ的に楓がどんどん大きくなっていっても笑えます。

剣術の腕前の方も、やがては人類最強と謳われるくらいの強者になってしまうとか。

まぁそんな冗談はともかく、身長は最終的には准爾と同じくらいになっても萌ですし、いつまでも小柄のまま、やがては美しいお爺ちゃんになって、准爾と生涯幸せに暮らしていくのもいいなと思ってます。

Ciel先生には美しいイラストをつけていただけて、とても幸せです。先生のお力添えで、明治浪漫としての麗しさが格段に増しました。本当にありがとうございます。

六堂葉月はＨＰもございます。【六堂亭】http://rokudoh.opal.ne.jp/です。

日記（ブログ）では、大好きなアニメの萌え語りなどを書き連ねておりますが、もしよろしければ覗きにいらしてください。

最後まで読んでいただき、どうもありがとうございました。

またどこかでお会いできたら嬉しいです――。

六堂葉月　拝

初出一覧

お嫁様の恋。　/小説b-Boy'08年7月号（リブレ出版刊）掲載
お嫁様の愛。　/書き下ろし
旦那様は愛に憂う　/書き下ろし

B♥PRINCE
http://b-prince.com

B-PRINCE文庫をお買い上げいただきありがとうございます。
先生へのファンレターはこちらにお送りください。

〒162-0825
東京都新宿区神楽坂6-46　ローベル神楽坂ビル5階
リブレ出版(株)内　編集部

お嫁《よめ》様《さま》の恋《こい》。

発行　2014年8月7日　初版発行

著者｜六堂葉月
©2014 Hazuki Rokudoh

発行者｜塚田正晃

出版企画・編集｜リブレ出版株式会社

プロデュース｜アスキー・メディアワークス
〒102-8584　東京都千代田区富士見1-8-19
☎03-5216-8377（編集）

発行｜株式会社KADOKAWA
〒102-8177　東京都千代田区富士見2-13-3
☎03-3238-8521（営業）

印刷・製本｜旭印刷株式会社

小社ホームページ　http://www.kadokawa.co.jp/

Printed in Japan
ISBN978-4-04-866580-3 C0193